KB032850

백수귀족 판타지 장편소설

WISHBOOKS FANTASY STORY

바바리안

퀘스트

바바리안 퀘스트 14

백수귀족 판타지 장편소설

초판 1쇄 찍은 날 | 2019년 7월 15일
초판 1쇄 펴낸 날 | 2019년 7월 22일

지은이 | 백수귀족
펴낸이 | 예경원

기획 | 위시북스
편집책임 | 이규재
편집 | 위시북스

펴낸곳 | 예원북스
등록번호 | 제396-2012-000132호
등록일자 | 2012. 7. 25
KFN | 제1-442호

주소 | 경기도 고양시 일산동구 호수로 646-24 위너스21II빌딩 206A호 (우)10401
전화 | 031-819-9431 팩스 | 031-817-9432
E-mail | yewonbooks@naver.com

ISBN 979-11-6424-591-8 04810
       979-11-6098-950-2 (set)

백수귀족 판타지 장편소설
WISHBOOKS FANTASY STORY
바바리안 퀘스트
완결
14
Wish Books

CONTENTS

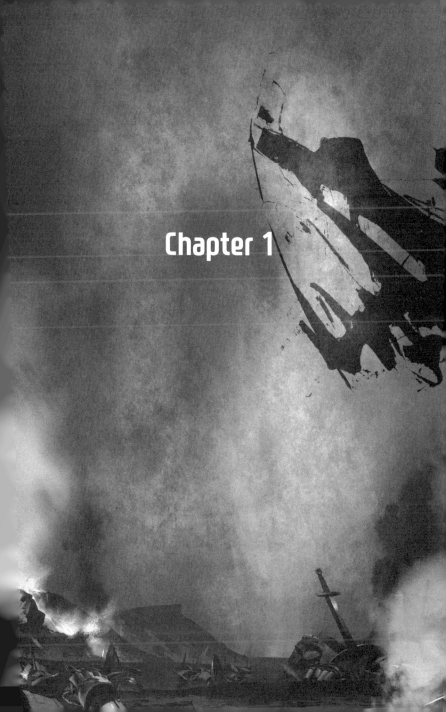

Chapter 1

　올가는 서리뱀 부족이다. 서리뱀 부족은 고작해야 수백여 명의 소부족이었다.

　서리뱀 부족은 북서쪽에 위치한지라 기후가 건조하고 서늘했다. 칼바람을 맞으며 자라온 올가의 피부는 짐승처럼 두터웠고, 팔은 남들보다 길어서 창을 잘 다뤘다.

　'악귀와도 같은 삶이었다.'

　서부의 부족들은 누구나 생존을 최우선 가치로 뒀으나, 서리뱀은 그중에서도 치열한 생존경쟁을 벌인 부족이었다. 북서의 소부족끼리 약탈경쟁을 벌이던 시기에 연맹이라는 괴물이 나타났다.

　'부족의 생존을 위해 굴할 수밖에 없었지.'

연맹의 규모는 지금까지 올가가 봐온 그 어떤 부족보다 거대했다. 수천의 전사가 황무지를 오가는 모습은 장관이었다.

'부족의 통합.'

지금까지 누가 그런 생각을 했던가? 하지만 연맹은 해냈다. 두 발로 서쪽 끝까지 걸어서 만나는 부족들을 모두 복속시켰다.

그런 정복의 업적을 누렸으면 만족할 만도 했다. 그러나 정복은 시작에 불과했다. 진정한 목표는 산맥 너머의 인간들과 싸워 이기는 것.

'우리의 세계관이 커졌다. 더 이상 옆 부족이 우리의 이웃이 아니었어. 우리라는 개념은 부족 전체로 변했고, 이웃은 문명인을 가리키는 말이 되었다.'

원수라고 생각했던 이웃부족들조차 서로 형제라 칭하며 등과 어깨를 맞대고 함께 싸웠다. 대단한 혁명이었다. 오랜 전통과 가치관은 단숨에 붕괴되었고, 새로운 질서가 하루가 멀다 하고 연맹에 스며들었다.

많은 것이 변했다. 유릭이 이끄는 변화에 순응하기도 했으며, 올가처럼 반항하는 자도 있었다.

올가는 업적을 세운 유릭과 사미칸이 부러웠다. 사내로 태어나 만인에게 이름을 떨치고 싶지 않은 사람이 과연 몇이나 있겠는가?

"올가, 쿠루각이 죽었어."

부관 역할을 맡은 전사가 말했다.

쿠루각이라 불렸던 전사는 힘없이 오물에 머리를 박고 있었다. 이미 숨을 쉬지 않는 시체였다. 그는 마지막 순간까지 형제를 따라 걸었으나 영혼이 육체를 떠났다.

전사들은 쿠루각의 무기를 챙겼다. 이번 전투가 끝나고도 살아남는다면 장례라도 치러줄 생각이었다.

"우린 전부 죽을 거야."

맨 뒤에 있던 전사가 중얼거렸다. 처음에는 다들 듣지 못한 척하며 묵묵히 걸었다.

"너희들도 유럭의 말을 들었잖아. 하늘의 가호는 이미 우리 곁을 떠났어. 유럭이 스스로 거부했지."

"시끄러워."

"다들 느끼고 있잖아. 우린 여기서 의미 없이 죽을 거야. 승리를 거두지도 못하겠지."

"닥치라고 했잖아!"

언성이 높았다. 소란을 들은 올가가 뒤를 흘겨봤다.

푹.

올가의 창이 불길한 소리를 하는 전사의 목젖을 관통했다.

"겁쟁이… 는 죽어라."

올가는 인정사정이 없었다. 잔혹하기로만 따지면 연맹에서도 손에 꼽혔다.

"뜻이 다른 건 상관… 이 없지만, 겁쟁이는 용납… 할 수 없다."

서리뱀 부족은 서부에서도 손에 꼽힐 정도로 가혹한 환경이었다. 번성하기는커녕 인구가 줄어들 정도로 험한 환경에서 생존했다. 올가에겐 도움이 되지 않는 인간은 죽는 게 당연했다. 올가의 방식은 철저한 생존의 논리였다.

'약하면 죽고, 강한 자는 살아남는다.'

유릭은 강했다. 그 누구보다 강했기에 변화를 이끌어도 전사들은 참았다. 유릭보다 강하지 않으면 그 변화를 막을 자격이 없었다.

"얼마 남지 않았습니다."

뱀교의 안내자가 그리 말했다. 제국어를 아는 통역이 올가에게 말을 전했다.

"그래."

곧 막다른 길이 나오고 지상으로 올라가는 사다리가 보였다.

끼이익.

전사들은 사다리를 타고 한 명씩 위로 올라가 주변을 경계했다. 아직 한밤중인지라 인기척은 없었다.

사박.

전사들은 맨몸이거나 가죽갑옷이었다. 소리가 나지 않도록 조심스레 무기를 잡고 움직였다.

"계속 안내해라."

올가가 안내자의 등을 떠밀었다. 안내자는 어쩐지 불안했다.

'이들은 우리 편이다. 세상을 바꾸기 위해 온 자들이지……'

안내자는 애써 불안감을 지웠다. 하멜이 제국으로 성장하기 전부터 있었던 골목길은 계획구획이 아닌지라 길이 굉장히 복잡하고 어지러웠다.

"어, 어?"

골목길이 쭈그려 잠을 자던 부랑자가 전사들을 보며 입을 크게 벌렸다.

"죽여."

올가가 목을 긋는 시늉을 했다. 전사가 부랑자의 입을 막으며 심장에 칼날을 박아 넣었다. 올가가 지나간 길은 피투성이였다. 만나는 부랑자들은 죄다 죽이면서 전진했다. 심지어 자고 있는 부랑자의 목조차 베었다.

"저, 저기입니다."

겁을 먹은 안내자가 커다란 창고를 가리켰다.

"생각보다 경비가 적군."

올가는 고개를 갸웃했다. 설명과 달리 경비가 삼엄하지 않았다.

'화염기름 같은 물건을 보관한 창고면 이보다 경비가 많아야 할 텐데?'

기껏해야 눈에 보이는 경비는 열도 넘지 않았다. 단숨에 치고 가면 증원을 부르기도 전에 정리할 수 있었다.

"하누, 너는 세 명… 을 끌고 뒤… 를 잡아라."

올가가 손짓하며 명령을 내렸다. 전사들은 올가의 명령에 따라 자리를 잡았다.

"후우웁."

올가가 숨을 크게 들이마셨다. 그는 단창을 한 손으로 들고는 제자리에서 가볍게 뛰었다.

"홉!"

올가는 앞으로 발을 내디디며 창을 크게 던졌다.

푹!

올가의 창이 경비의 등에 박혔다. 이어서 전사들이 소리 없이 움직이며 경비들을 하나둘씩 제거했다. 순식간에 일곱 명의 경비가 바닥에 누웠다.

'어마어마한 솜씨다.'

안내자는 입을 다물지 못했다. 이렇게 잘 싸우는 사람들은 처음이었다. 전사들은 무자비하고도 조용히 생명을 끊었다.

"여기가 확실한가?"

올가가 다시 안내자에게 물었다. 통역을 거친 말에 안내자를 고개를 끄덕였다.

"생각보다 경비가 적지만 분명 여기입니다."

안내자가 떨떠름하게 말했다. 전사들은 시체를 그림자 속에 숨기곤 횃불을 들었다.

끼익.

올가가 창고의 문을 먼저 열고 들어갔다. 정수리까지 쿡쿡 찌르는 휘발성 냄새가 났다.

'화염기름의 냄새다.'

하수로에서 맡았던 죽음의 냄새가 났다.

"횃불 조심해. 잘못하면 우리 모두 죽어."

전사들이 횃불을 단단히 쥐고 창고 안을 비췄다.

"올가, 없어."

가장 안쪽까지 들어간 전사가 말했다.

"창고가 텅 비었다."

올가의 눈동자가 흔들렸다. 그는 자신의 운명을 알고 있었다.

'나는 불과 함께 산화할 운명이었어.'

그러나 이곳에는 올가의 운명이 없었다. 텅 빈 창고는 공허했다. 냄새만이 남아 있을 뿐이었다.

제국은 유릭과 전사들을 상대하기 위해서 화염기름을 대부분 소진했다. 남은 거라곤 성벽에 배치한 화염기름이 전부였다. 포를카나 왕국의 반년 예산을 하룻밤 사이에 탕진한 거나 마찬가지였다.

그만큼 제국과 황제는 유릭을 몰아세우기 위해 화염기름을 하수로에 쏟아부었다. 덕분에 화염기름 창고는 텅 비었다. 비어 있는 만큼 경비를 많이 세울 이유도 없었다.

"올가."

전사들이 올가의 지시를 기다렸다. 올가도 드물게 당황했다. 하멜은 낯선 땅이었고 아는 바가 없었다.

'어떻게든 이목을 끌어야 된다.'

하멜에는 석재건물이 많았고, 어디서든 물을 끌어올 수 있어서 방화가 쉽게 먹히지 않는다. 그게 아니더라도 올가와 전사들은 효과적인 방화 방법을 몰랐다. 단순히 불만 붙인다고 건물들로 번지지 않는다.

'화염기름이 없어⋯⋯.'

올가가 석벽의 틈을 잡으며 창고 위로 올라갔다. 표범처럼 날쌔고 늘씬한 동작이었다.

'어떡해야 제국군을 흔들어놓을 수 있지? 유릭이 성문을 공략할 기회를 만들어줘야 돼.'

올가는 도시 끄트머리에 높게 솟은 황궁을 바라봤다.

"후우우."

올가가 숨을 내뱉으며 지붕 위에서 뛰어내렸다. 그는 전사들을 바라보다가 안내자의 어깨를 창대로 툭툭 쳤다.

"저기로 가는 길⋯ 이 있나?"

올가가 저 멀리 있는 황궁을 가리켰다. 전사들이 올가의 말을 듣더니 눈을 크게 떴다. 올가의 의도는 뻔했다.

"황, 황궁 말입니까?"

올가는 눈을 감았다가 떴다.

"우린 '황제'를 암살… 하러 간다. 실패해도 경비… 들이 죄다 우리 쪽으로 몰리겠지. 오히려 처음 작전… 보다 나을지도……."

"하늘조차 우릴 돕지 않는군. 어쩔 수 없지."

전사들이 킬킬 웃으며 한탄했다. 올가의 작전이 성공하더라도 전사들은 모두 죽는다. 황궁에 들어가서 살아 나올 가능성은 거의 없었다.

"이럴 줄 알았으면 유릭을 따라가는 게 나았을 텐데."

"그러게 말이야. 여기가 더 쉽고 안전하다고 생각했는데 반대잖아?"

전사들이 서로의 눈을 보며 농을 던졌다. 온갖 화살과 날붙이 속에서 살아온 전사들이라도 이번만큼은 죽음을 피하기 힘들었다.

"……반대는 받지 않겠다. 나와… 함께 죽어다오."

올가가 창날을 치켜들며 선언했고, 전사들은 무기를 챙기며 움직였다.

횃불이 꺼졌다. 전사들은 어두운 골목길에 스며들었다.

제국군은 작은 승리에 취해 있었다. 그들은 침입해 온 야만인들은 모조리 불태워 죽였다.

제국군의 수뇌부는 사기진작을 위해 유릭이 죽었다고 대대적인 선전을 했고, 말단병사들은 그 말을 믿었다. 마냥 거짓은 아닌 게 실제로도 유릭이 죽었을 가능성은 높았다.

"가터 경을 모시는 하녀가 내 애인인데, 수뇌부들은 곧 전쟁이 끝날 거라 말했대. 그 악마가 죽었으니 저쪽도 싸우지 않을 거라고 말하더군."

"가터 경은 그 호색한이잖아. 조심하라고."

"얌마, 지금 그게 중요하냐? 하여튼 전쟁이 끝난다는 게 중요하지!"

황궁의 경비들이 떠들어댔다. 숙련된 병사가 워낙 많이 죽어서 질이 떨어지는 신입들조차 황궁의 경비를 서는 실정이었다.

"이번 전쟁이 끝나면 난 군대에서 나갈 거야."

"재주라곤 싸우는 것밖에 없으면서 나가긴 어딜 가?"

"그 재주를 살리려고 나가는 거지. 앞으로 용병의 전성기가 올 거야. 이미 제랄드나 버킷은 나랑 같이 용병단을 꾸리는 데에 동의했어. 제국군 출신이 이끄는 용병단이라면 엄청 돈을 쳐줄 걸? 전란이 시작되면 용병 몸값이 서너 배 뛰는 건 우습지."

그 말에 솔깃한 병사가 움찔했다. 안 그래도 야만인 군대에 용병들이 어마어마한 보수를 받는다는 소문이 있었다. 왕국간의 군사적 움직임이 활발해지고, 전운이 드리우자 용병들의 몸값을 나날이 올랐다.

"정말이냐? 그, 그럼 나도 끼워줘."

"너 모아둔 돈은 좀 있어? 용병단에 들어오려면 투자비용을 감당해야 돼. 처음에는 우리 돈으로 세력을 키워야 한다고."

경비임무는 어느새 딴전이었다.

전란의 시대에 용병들은 쉽게 출세하곤 했다. 잘만 하면 영지를 가진 귀족이 될 수도 있다. 제국의 위세도 예전 같지 않기에 딴생각을 하는 병사들은 늘어만 갔다.

"내 장담하는데, 딱 삼 년만 용병짓하면 평생 먹고사는 데 문제가 없을 거다."

새로운 동지를 찾은 병사가 히죽 웃었다.

병사들은 전쟁이 끝난 뒤에 미래를 그렸다. 반짝이는 미래가 보이는 듯했다. 부귀영화를 꿈꾸지 않는 사람은 없다.

스스스.

바람이 휘청거리듯 불안했다.

"그래서 생각해 둔 계획은 있어? 투자를 해도 계획은 알아야 투자를 하지. 그리고 우리 돈만으로 용병단을 꾸려봐야 몇 명이나 되겠어?"

"버킷은 사실 귀족의 서자래. 호스카로의 영주가 자신의 형이라고 하더라. 그쪽에 투자를 받을 거야. 제국군 출신 열 명

정도만 모으면 흔쾌히 투자를 해주겠지."

"정말?"

"지금 기스킨 왕국과 카셀마로니 왕국이 전쟁 중인 건 알지? 곧 전면전이 시작될 거야. 기스킨 왕국은 친제국파니까 흔쾌히 제국군 출신 용병단을 받아들일걸? 처음에는 거기서 일하는 거지."

듣다 보니 고개가 절로 아래위로 움직였다. 신이 난 병사들은 미래에 대한 계획을 세우기 시작했다. 이야기가 쭉쭉 나아가더니 어느새 전쟁영웅이 되어 작위를 받는 상황까지 이르렀다.

"네 말이 맞아. 평생 제국군으로 복무해 봐야 돈 몇 푼 얻고 끝날 뿐……. 아버지는 늘 사내답게 큰 꿈을 가지라고 말씀하셨지. 어, 어어? 저, 저거!"

누구에게나 계획은 있다.

푹.

하지만 대부분의 사람은 계획을 실천하지 못한다, 여러 이유로.

핏물이 튀었다. 용병단을 세운다는 포부를 가진 병사가 휘청거렸다. 그는 믿기 힘들다는 표정으로 자신의 목을 관통한 창날을 바라봤다.

혼자 남은 병사가 반사적으로 창을 앞으로 세웠다. 그는 어둠 속에서 일어나는 야만인들을 보았다. 수십여 명의 야만인이 성큼성큼 다가왔다.

"아, 아아아아……."

병사가 겁에 질린 표정으로 입을 벌렸다. 어째서 야만인들이 여기에 있는지 도저히 이해가 가지 않았다.

올가와 전사들은 어둠을 가르고 황궁 측문으로 접근했다. 그들의 눈동자가 횃불이 반사되어 사납게 빛났다.

"저, 저는 이만!"

뱀교의 안내자가 도망가려고 했다. 올가는 안내자의 머리카락을 잡더니 단도로 목젖을 그었다.

촤아아악.

올가는 안내자의 목에서 흘러나온 피를 온몸에 덕지덕지 발랐다. 안내자는 뭐라 말도 못하고 털썩 쓰러졌다.

"올가, 암살이라고 하지 않았어? 벌써부터 이렇게 요란하게 굴면 어떡해? 웃차! 죽어라! 얌마!"

전사가 투덜거리며 도끼를 던졌다. 도끼는 경비의 안면에 박혔다. 꿈을 나누던 병사 두 명이 나란히 식어갔다.

"전부 다 죽이면 그게 암살… 이지."

올가는 죽은 병사의 머리를 밟으며 창을 힘차게 뽑았다. 그는 가볍게 머리를 흔들며 웃었다.

뎅, 뎅, 뎅.

종소리가 나며 황궁의 고요함이 깨졌다.

얀키누스는 눈을 떴다. 숙취처럼 머리가 무겁고 어질어질했다.

'잠깐만 누워 있으려고 했는데 잠까지 자버렸군.'

피로가 온몸을 짓눌렀다. 북부전선 이후로 제대로 쉰 적이 드물었다.

얀키누스는 상체만 일으켜 침대 위에 앉았다. 그는 손을 더듬어 물잔을 들었다.

꿀꺽.

찬물이 목구멍으로 넘어갔다. 얀키누스는 입을 쓱쓱 닦으며 고개를 들었다.

철그렁.

쇠사슬 소리가 난다. 천장부터 이어진 사슬의 끝에는 한 여자가 매달려 있었다. 그녀는 벌거벗은 몸이었으며, 발끝만 간신히 땅바닥을 짚었다.

길게 늘어진 몸뚱이의 곡선은 무척이나 아름다워 아이를 낳은 여인이라 믿기 힘들 정도였다.

한때, 모든 남자의 구애를 받았던 포를카나의 공주는 황제 얀키누스의 노리개가 되었다.

"일어났군요."

사슬에 매달린 다미아가 익숙한 듯이 눈을 뜨며 얀키누스를 바라봤다. 그녀의 등에는 채찍자국이 선명했다.

'여전히 날 노려보는군.'

얀키누스는 물잔을 든 채로 다미아를 쳐다봤다. 여느 여자라면 굴복해 깨질 만도 했건만, 다미아는 여전히 자존심을 유지했다.

'사형수들이 갇힌 지하감옥에 알몸으로 던져도 저런 눈을 뜰 수 있을까?'

어디까지나 생각일 뿐이다. 아무리 노리개라도 다미아는 왕족이다. 왕족을 천한 것들에게 던져놓을 순 없다.

"유릭이 죽었다."

얀키누스가 잔을 내려놓으며 말했다.

"그거 잘된 일이네요. 그 야만인이 드디어 죽다니⋯⋯."

다이마가 입꼬리를 씰룩이며 웃었다. 치렁치렁 내려온 금발 사이로 푸른 눈동자가 빛났다.

"네 아이의 아비인데도 아무렇지 않나 부군."

"제 아이의 아비는 없습니다. 아마 루께서 점지해 줬나 보군요."

"누가 봐도 살론은 유릭의 아이다. 그 기질을 이어받았으면 어미의 말에 순종하진 않겠지. 장성하면 자신의 운명을 찾아다닐 것이다."

얀키누스가 키득키득 웃었다.

"제 걱정을 하실 때가 아닐 텐데요? 폐하. 저조차 제국이 흔들린다는 소문을 들을 정도입니다. 시녀들조차 그리 떠들고 있죠."

다미아가 몸을 좌우로 흔들었다. 쇠사슬이 부딪히는 소리가 났다. 매끄러운 나신이 달빛을 머금었다.

"하하, 다미아. 그 가시 돋친 말투가 네 매력이긴 하지만……."

얀키누스가 침대에서 일어섰다. 그가 매달린 다미아의 앞에 섰다.

퍽!

얀키누스의 주먹이 다미아의 배에 꽂혔다. 다미아의 몸이 뒤로 밀려나며 크게 흔들렸다.

다미아는 신음을 애써 참았다. 고통스러운 모습을 보여줄수록 얀키누스는 즐거워할 뿐이다. 상대는 뒤틀린 성욕을 가진 인간이다.

"가끔은 입을 조심해라. 혹시라도 아느냐? 바르카를 왕위에서 축출하고, 너를 여왕으로 앉힐 수도 있지. 아니면 네 아들을 내 아이로 인정하고 포를카나의 왕으로 앉힐 수도 있겠군."

바르카와 얀키누스의 관계는 완전히 끝났다. 서로의 이해가 맞아떨어졌던 것도 한때였다.

다미아는 배의 고통을 삭이며 얀키누스를 쳐다봤다.

"잘도 그러시겠습니다, 폐하."

다미아가 숨을 거칠게 내뱉으며 웃었다. 웃음소리에 돌바닥이 울렸다.

"다미아, 나는 너를 좋아한다."

얀키누스가 언제 폭력을 휘둘렀냐는 듯이 다미아의 뺨을 쓰다듬었다.

"차라리 죽이겠다는 말이 더 다정하게 들릴 겁니다."

"너를 괴롭힐 때면 나는 마음의 안정을 얻는다. 그 잘난 자존심 때문이라도 너는 결코 내게 순종하지 않지. 바르카 왕이 내게 좋은 선물을 주고 갔어."

뿌드득.

얀키누스가 다미아의 목을 졸랐다. 다미아가 헛바람을 집어삼키며 몸을 부르르 떨었다. 의식이 흐릿해지면서 눈동자가 뒤집힐 것 같았다.

얀키누스는 다미아의 숨이 멎어가는 걸 느꼈다. 그녀의 생사가 자신의 손아귀에 있었다.

철그렁.

얀키누스가 손을 놓으며 다미아를 뒤로 밀었다. 다미아는 몇 번이나 콜록거리며 숨을 거칠게 내쉬었다.

다미아의 의식은 아직도 흐릿했다. 죽음에 발을 딛고 돌아온 느낌이었다.

"아직 밤이 많이 남았구나, 다미아."

얀키누스가 침대 밑에서 상자를 꺼냈다. 그 안에는 온갖 변태적인 성벽을 충족시킬 도구들이 있었다. 다미아는 그 상자를 수없이 많이 봤다. 눈으로 상자를 보자마자 몸이 절로 반응했다.

'나는 왜 아직 죽지 않는 걸까?'

다미아가 작은 웃음을 터트렸다. 이 정도로 황제에게 당하고 나면 어지간하면 자살하거나 망가지고 만다. 수많은 여자들이 황제의 손에 부서졌다.

'자존심인가, 오기인가, 미래에 대한 희망이라도 남은 것인가……'

다미아가 흐릿하게 눈을 떴다. 얀키누스는 길고 뾰족한 침을 꺼냈다. 저걸로 무얼 하려는지 생각만 해도 끔찍했다.

똑, 똑.

바깥에서 기사가 문을 두드렸다. 어지간히 중요한 일이 아닌 이상에야 이 시간에 황제를 호출하지 않는다.

"이거야 원, 들어와라!"

얀키누스가 외투를 걸치며 사람을 불렀다.

"야만인들이 황궁에 침입했습니다! 폐하! 어서 이쪽으로!"

기사가 들어오자마자 예를 생략하며 말했다.

"야만인이?"

얀키누스는 당황하지 않고 칼을 챙기며 망토를 둘렀다. 기사는 매달린 다미아를 보지 못한 척하며 상황을 말했다.

"아마도 하수로에서 살아남은 잔당들인가 보군."

"폐하를 노리는 걸 겁니다. 아마 여기까지 오지는 못하겠지만 일단은 피신하시지요."

"아니, 내 직접 놈들의 얼굴을 보겠다. 기사들을 불러라."

"이미 수비대장 오드랑 경이 병력을 이끌고 오고 있습니다. 앞뒤로 막혔으니 도망가지도 못할 겁니다."

보고를 들은 얀키누스가 웃었다.

'여기까지구나, 유릭.'

황궁 침입은 유릭의 짓일 것이다. 나름 황궁의 지리를 알고 있다고 판단해서 들어왔을 가능성이 높았다.

저벅, 저벅.

얀키누스는 방금 일어난 기사들을 이끌고 황궁의 정원으로 나갔다. 이미 병장기 소리가 요란했다.

"정원까지 출입을 허용했군."

얀키누스가 책임을 묻듯 말했다. 현장을 지휘하던 기사가 상황을 보고했다.

"무척이나 잘 싸우는 야만인들입니다. 하지만 이제 병력이 모였으니 여기까지일 겁니다."

"야만인 무리 중에 유력이 있던가?"

"그건 모르겠습니다. 어두워서 잘 보지는 못했으나 선두에 선 야만인의 무용이 심상치 않았습니다."

"되도록이면 그자를 생포해라."

얀키누스가 팔짱을 낀 채로 팔뚝을 손가락으로 툭툭 두드렸다. 그는 굳이 야만인 앞에 모습을 드러내지 않았다. 2층 복도에서 정원을 내려다봤다.

"폐하께선 여기서 기다리시지요."

호위병력만 남기고 나머지 기사들도 전투에 뛰어들었다.

"아, 아아아아아!"

야만인이 고함을 내질렀다. 피 때문에 정원이 엉망진창이었다. 곱게 키운 나무 위로는 인간의 창자가 대롱대롱 걸려 있었다.

"전부 죽여어어어어!"

어깨에 화살이 박힌 전사가 짐승처럼 울부짖었다. 눈동자에는 피가 고여서 인간이 아닌 듯했다. 그 위세에 병사들이 주춤주춤했다.

"올가아아아! 우린 어디로 가야 하지?"

전사가 달려오는 병사를 베며 목구멍이 찢어져라 외쳤다.

올가는 주변을 두리번거렸다. 감각만으로 무작정 황궁을 헤집고 다녔다. 그런 그들이 황제를 찾아내기란 힘들었다. 황제의 얼굴을 아는 사람도 없었다.

"전… 부 죽이면 그중에 황제… 의 시체가 있겠지!"

올가도 잠시 숨을 골랐다. 병사들은 점점 많아졌다. 전사 한 명이 병사 다섯은 벤 것 같은데 어디선가 병사들이 꾸역꾸역 나왔다.

"더럽게 많네. 개자식들. 카악!"

욕을 내뱉던 전사는 어디선가 날아온 화살에 맞아 고꾸라졌다.

야습이 가져온 이득도 이제 끝이었다. 제국군은 무장을 갖춘 상태로 침입자에게 대응했다. 창문에서는 쇠뇌병들이 장전을 하고 있었고, 정면에서 갑옷을 갖춘 기사들은 성큼성큼 걸어왔다.

'이대론 몰살이다.'

죽음을 각오하고 왔어도 헛되이 죽을 생각은 없었다.

'불이 당신의 운명을 결정할 거요.'

육손이의 말이 바람처럼 스쳤다.

'불, 불, 불.'

올가가 두리번거리며 불을 찾았다. 벽에 걸린 횃불들이 보였다. 그는 횃불을 잡아서 정원으로 던졌다.

'붙어라!'

하지만 여름의 정원은 불이 쉽게 붙지 않는다. 축축한 흙과 가지는 좀처럼 불꽃이 번지지 않았다.

'육손이가 말한 불의 운명은 무엇이란 말인가.'

올가는 다가오는 병사의 머리를 창대로 후려쳐서 넘어뜨렸다. 재차 발을 높게 들어 쓰러진 병사의 머리를 힘껏 밟았다.

뿌득!

병사의 목뼈가 부러지는 감촉이 발끝부터 올라왔다.

"후우우우."

올가는 눈동자를 굴렸다. 정원은 싸우기에 좋지 않았다. 사방이 탁 트여서 불리했다.

삐이이익!

올가가 휘파람을 불며 전사들에게 신호를 보냈다. 올가는 창문 안으로 훌쩍 뛰어 들어갔다.

"커어어억!"

올가를 따라 무사히 건물 안으로 들어온 전사는 십여 명이었다. 나머지 전사들은 쫓아오는 제국군에게 목숨을 잃었다.

"와라아아아! 토끼 똥만도 못한 자식들아!"

전사들이 창문을 따라 넘는 병사들을 밀치며 칼을 찔러 넣었다. 핏물이 창틀 밑으로 뚝뚝 떨어졌다.

"불을 지를 만한 게… 없나?"

올가가 중얼거렸다.

"무슨 개 풀 뜯어 먹는 소리야! 놈들이 온다!"

전사들은 쉬지도 못하고 들이닥치는 병사들을 상대했다. 좁은 복도에서 싸우는지라 아까보단 상황이 나았다.

"어, 어어어?"

달려오던 병사들도 주춤거리며 물러났다. 좁은 복도에서 으르렁거리는 야만인을 상대로 달려들 용기가 없었다. 먼저 들어가면 죽는 형세였다.

"비켜라!"

갑옷을 갖춰 입은 기사들이 병사들을 밀치며 앞으로 나왔다.

전사들은 마지막까지 처절하게 싸웠다. 쓰러지면서도 적의 목을 베려고 아등바등했다.

"큭큭, 망할 육손이."

올가가 피에 젖은 머리를 뒤로 젖히며 웃었다.

'불의 운명 따윈 그 어디에도 없다.'

그저 차가운 쇠붙이만이 올가를 쳐다볼 뿐이었다. 육손이의 예언에 휘말려 무의미한 상념만 했다.

쾅! 쾅!

올가와 전사들은 응접실 하나를 점거해 가구로 문을 막았다.

"올가, 우린 해낸 건가?"

배에서 피를 철철 쏟아내던 전사가 중얼거리며 쓰러졌다.

그는 성공을 보지 못하고 죽었다.

올가는 창문을 바라봤다. 아직 하멜의 성문에서는 별다른 징조가 보이지 않았다.

피슛!

창문을 뚫고 화살이 날아왔다. 올가는 고개를 틀어서 가까스로 화살을 피했다. 창문 아래에서는 쇠뇌병들이 기다리고 있었다.

'남은 건 나까지 포함해 다섯.'

묵직한 가구로 입구를 막은 탓에 숨을 돌릴 찰나가 있었다.

"육손이가…… 내 운명이 불에 갈릴 거라 예언했지. 하수로에서… 불꽃을 본 순간 나는 죽을 거라… 생각했다."

올가가 자신의 옆구리를 바라봤다. 옆구리가 길게 찢어져서 쓰렸다. 병사들과 뒤엉키며 상처를 입은 듯했다.

올가는 옆구리를 붙잡으며 몸을 일으켰다.

"하지만… 불꽃을 보고도 난 죽지 않았어……."

숨쉬기가 점점 힘들었다. 몸이 식어가는 게 느껴졌다. 옆구리의 출혈은 멎기는커녕 무너진 둑처럼 피가 흘러넘쳤다.

"육손이가 돌팔이인가 보지."

전사들이 죽음을 앞두고 웃었다.

푹!

문과 가구를 뚫고 창날이 튀어나왔다. 등으로 문을 막던 전사는 창에 맞아 앞으로 고꾸라졌다.

콰장창!

막아둔 문이 부서졌다. 가구의 잔해가 사방으로 흩어졌다. 뛰어들어 온 기사들이 사정없이 전사들을 붙잡아 구타했다. 기사의 강철갑옷은 전사들의 무기를 튕겨냈다.

"저놈은 생포해라!"

올가는 전사들의 죽음을 보며 무기를 휘둘렀다. 갑주에 부딪힌 창대가 부러진다. 허공에 뜬 창날을 붙잡아 기사의 면갑 사이로 찔러 넣었다. 창날은 안구를 비집고 뇌까지 도달했다.

"훅."

쉬는 호흡은 한 번. 올가는 무릎을 굽히며 땅에 떨어진 도끼를 줍는다. 그는 바닥을 뒹굴며 다른 기사의 오금을 도끼로 찍었다.

털썩.

오금이 찍힌 기사가 무릎을 꿇었다. 올가는 기사의 투구를 잡고 무릎으로 찍었다.

뿌드득.

올가의 무릎뼈가 부서졌다. 하지만 기사도 뇌진탕으로 정신을 차리지 못했다.

절뚝.

올가가 다리를 절룩이며 창가로 뒷걸음질 쳤다. 순식간에 기사 두 명을 제압한 올가의 전투력에 보고 있던 병사들조차 당황했다.

"다 죽었나?"

방금 전까지 최후를 다짐하던 전사들은 피투성이 시체가 되어 쓰러졌다. 홀로 남은 올가가 창가에 등을 기댔다.

피슛!

화살이 올가의 등에 박혔다. 올가는 움찔하며 뒤를 쳐다봤다. 꽤나 높았지만 밑바닥은 푹신한 흙이었다.

올가는 창문 바깥으로 몸을 던졌다. 그는 어깨와 등으로 구르면서 충격을 흡수했다. 등에 박힌 화살이 흔들리며 부러졌으나, 화살촉은 더 깊게 파고들었다.

"커어억, 컥."

올가가 힘겹게 숨을 내뱉으며 몸을 일으켰다. 쇠뇌병 세 명이 올가를 바라봤다. 한 명은 재장전을 하고 있었고, 다른 두 명은 올가를 겨누었다.

팅!

쇠뇌병들이 방아쇠를 당긴다. 올가는 쇠뇌병 하나만 바라봤다. 두 명에게 신경을 쓸 기력도 없었다.

'하나는 운에 맡기고, 다른 하나만.'

올가는 정면으로 오는 화살의 궤도를 읽으며 몸을 옆으로 숙였다. 그러나 옆에서 쏘는 화살은 올가의 겨드랑이를 파고

들었다.

"무, 무슨 괴물 같은!"

화살을 저리 맞고도 올가는 쓰러지지 않았다. 그는 도끼를 던져서 정면에 있는 쇠뇌병을 죽였다. 그러곤 담벼락을 넘어서 황궁을 헤맸다.

"저쪽이다! 저쪽으로 갔다!"

도착한 병사들이 올가를 끝까지 쫓았다. 올가의 흔적을 쫓는 건 어렵지 않았다. 피를 따라가니 올가가 쓰러져 있었다.

쉬익, 쉬익.

올가는 벽에 등을 기댄 채로 숨을 몰아쉬었다. 반송장이나 마찬가지인 올가인데도 병사들은 함부로 다가오지 못했다.

"가서 포박해!"

기사가 병사의 등을 떠밀었다. 병사가 머뭇머뭇하며 올가에게 접근했다.

푹.

올가는 숨겨둔 단도를 뻗어서 병사의 목을 찔렀다.

쓰러지는 병사를 치울 힘조차 없었다. 쓰러진 병사가 올가를 덮은 채로 죽어갔다.

"저, 저 저놈!"

생포하라는 명만 아니었어도 멀리서 창으로 찔러 죽였을 터다.

저벅, 저벅.

병사들 뒤로 묵직한 발소리가 들렸다. 병사와 기사들이 고개를 까딱이며 예를 표했다.

"……유릭이 아니로군."

황제 얀키누스가 올가를 확인하곤 중얼거렸다. 그의 얼굴에는 실망한 기색이 역력했다. 유릭이 남은 전사들을 이끌고 온 줄만 알았다.

올가는 자색독수리 망토를 입은 사내를 바라봤다. 주변의 태도만 봐도 상대가 황제라는 게 빤히 보였다.

'황제를 코앞에 두고도 손가락 하나 까딱 못 하겠군.'

올가의 몸은 식어갔다. 피가 철철 흘러서 바닥을 적셨고, 눈동자는 촛불처럼 흔들렸다.

"이런 조잡한 야습이 성공할 거라 생각한 건가?"

얀키누스가 칼을 들어서 올가의 옆구리 상처를 후볐다.

"끄어어어어."

올가가 짐승처럼 울부짖었다. 내장이 조각조각 나는 느낌이었다.

기사들이 올가의 팔을 붙잡고 포박했다. 얀키누스가 한 발자국 더 다가왔다.

올가는 다 죽어가는 송장이나 마찬가지였다. 아무리 대단한 전사라도 너덜너덜해진 육체로 싸우진 못한다. 피를 흘리면 죽는 게 인간이다.

"우리말은 할 줄 아나?"

얀키누스가 칼날에 묻은 피를 털며 물었다. 올가는 숨만 쌕 쌕 내쉬었다.

올가가 기력을 짜내 일어서려고 했다. 올가 옆에 있던 기사가 기다렸다는 듯이 주먹으로 올가의 안면을 때렸다.

콰직!

올가의 코뼈가 부러졌다. 정신이 아찔했다. 숨을 쉴 때마다 핏물이 목구멍으로 넘어갔다.

"유릭은 살아 있나? 죽었나?"

얀키누스는 올가가 알아먹든 말든 물었다. 유릭이라는 단어에 올가가 반응하며 고개를 들었다.

'나는 불에 타서 죽는 건가?'

올가는 적들의 처분을 기다렸다. 그는 싸워서 패했다. 패자의 처우는 승자의 것.

'육손이는 내게 불의 운명이 있다고 했지.'

하지만 불의 운명은 그 어디에도 없었다.

'내게 남은 불의 운명이라면 죽음뿐. 그곳에서도 불꽃이 없다면 나는 도대체……'

기사들이 올가의 팔을 잡고 질질 끌고 갔다.

"저놈을 황궁 입구에 걸어라."

얀키누스는 올가에게 흥미를 잃었다. 제국어도 할 줄 모르는 무지한 야만인이었다. 잠시나마 유력이라 생각했기에 실망도 컸다.

올가는 다 죽어가는 상태로 끌려갔다. 언제 숨이 끊어져도 이상하지 않았다.

"아직 죽지 마라. 고통스러워하는 네 모습을 보고 싶어 하는 사람들이 많으니까."

기사가 킬킬 웃으며 올가의 뺨을 후려쳤다. 올가의 얼굴은 피범벅인 데다가 안면이 함몰되다시피 했다. 원래의 얼굴을 알아보기 힘들 정도였다.

쉬익, 쉬익.

피가래가 섞인 숨이 규칙적이었다. 올가는 희미하게 눈을 떴다. 아직 밤은 깊었다.

야밤의 소란으로 황궁 입구에 서성이는 사람들이 많았다. 그들은 끌려 나오는 야만인을 보며 환호성을 질렀다.

"이 더러운 야만인 새끼야!"

"황제폐하 만세!"

"죽여! 죽이라고!"

사람들이 아우성치며 돌멩이를 잡아 내던졌다. 올가는 그런 사람들을 바라봤다.

"제국의 수호자! 얀키누스!"

얀키누스는 일부러 시민들 앞에 모습을 드러냈다. 자신의 건재함을 뽐내고, 기습한 야만인들의 최후를 내보였다.

'황제폐하가 있는 이상 하멜이 함락당할 리가 없다.'

얀키누스는 훌륭하게 수성에 성공했다. 두려움에 떨던 하멜의 시민들은 편안히 잠자리에 들었다.

"황제폐하 만세! 만세!"

하멜의 시민들은 환호성을 높게 내질렀다. 그 소리에 자고 있던 자들조차 창문을 열곤 웅성웅성 모여들었다.

"폐하, 이만 들어가시지요."

"아니, 놈의 최후를 보고 가지."

기사들이 올가를 끌고 황궁의 문 위로 올라갔다. 그들은 사람들이 보는 앞에서 올가를 교수형 시킬 생각이었다.

꾸우욱.

기사들이 올가의 목에 밧줄을 걸었다. 올가의 눈동자가 커졌다. 죽음이 두려운 게 아니었다.

'불은 그 어디에도 없군.'

올가의 눈에 보이는 건 돌멩이를 던지는 사람들이었다. 그들의 분노와 증오가 피부에 닿는 듯했다.

"큭큭."

올가가 피를 토하며 웃었다. 불의 운명은 그 어디에도 없었다. 하수로에서 죽어야 할 때를 놓친 까닭일까? 그를 기다리고 있는 건 서늘한 죽음이었다.

'불의 운명을 찾던 내가 바보 같군.'

목을 죄는 밧줄이 거칠다. 기사가 칼날로 올가의 등을 찌르며 난간까지 몰아세웠다.

"남기고 싶은 말은 없나? 야만인?"

말은 통하지 않아도 뜻은 알아먹었다. 처형 문화는 어디나 비슷한 법이다.

생명은 가장 귀중한 것이며, 설사 세상에 둘도 없는 악인이자 범죄자더라도 마지막 말은 들어준다. 생명의 불꽃은 한 번 꺼지면 그걸로 끝이기에.

"……불꽃이 없군."

미련이 섞인 웃음이었다. 그는 하늘이 내린 운명에 집착했다. 유릭이나 사미칸이 위대한 운명을 받든 것처럼, 자신에게도 주어진 운명이 있으리라 생각했었다.

기괴하고도 신비로운 주술사가 올가의 운명을 점지했다. 그러나 주술사가 점지한 운명은 올가의 죽음을 앞두고도 나타나지 않았다.

최후의 최후까지 불의 운명은 없었다.

올가는 유릭을 생각했다. 다른 전사들처럼 올가도 유릭에 대한 거부감을 종종 느꼈다.

'유릭은 운명을 믿지 않는다.'

하늘을 믿는 자였다면 하늘산맥을 넘지 못했을 것이다. 금기를 어기는 건 언제나 불순한 자의 행동이다. 주변 사람들은 유릭에게서 신성을 느꼈으나, 정작 유릭은 신성을 거부하듯 행동했다.

올가는 자신에게 불의 운명이 없다는 걸 알았다. 그저 말장난이었을 뿐이다.

올가의 죽음을 기다리는 자들의 환호성이 퍼졌다.

"……유릭."

올가가 고개를 옆으로 기울였다. 스산한 인파들 속에서 갑옷을 입은 누군가가 헐레벌떡 뛰어오고 있었다.

기사가 올가의 등을 떠밀었다. 체중이 밑으로 실리며 밧줄이 목을 조였다.

꾸욱.

숨이 막혀온다. 올가는 고통에 찬 웃음을 토했다.

얀키누스는 올가의 웃음을 봤다. 그는 가슴의 서늘함을 느꼈다. 막혀 있던 머리가 재빨리 굴러갔다.

"폐하!"

인파를 뚫고 전령이 무례하게 달려왔다. 얀키누스는 전령의 말을 듣지도 않고 인상을 찌푸렸다. 처형식을 구경할 때가 아니었다.

"병력을 성문으로 보내라! 지금 당장!"

얀키누스가 소리를 질렀다.

기사들이 잠시 어리둥절하며 멈칫했다. 숨을 고르지도 못한 전령이 말을 이었다.

"야만인들이 성문을 습격했습니다!"

지금 성문의 병력 일부와 순찰병력이 황궁으로 모였다. 그만큼 성문의 방어가 약해진 상태였다.

'외부의 공격이라면 얼마든지 와도 상관이 없지만…… 내부에서 공격했다면 이야기가 다르다.'

어떻게 야만인들이 하멜에서 이렇게 효율적인 기동이 가능했을까? 들키지 않고 야만인 무리가 둘로 나뉘어 움직였다. 얀키누스의 예상을 훨씬 뛰어넘은 계략이었다.

소란이 일었다. 그런 와중에 올가는 죽어가고 있었다. 피가 섞인 침이 입가에서 뚝뚝 떨어졌다. 눈동자는 반쯤 감겨서 흐릿했다. 그의 의식은 찰나에 불과했다.

눈앞이 어둡다. 눈을 뜨고 있는데도 아무것도 보이지 않았다. 생각이 옅어진다.

하지만 올가는 한 가지를 확신했다. 다급하게 달려온 병사의 표정에서 유릭의 성공을 읽었다.

고요하다. 아무런 소리도 들리지 않는다. 불꽃은 끝내 모습을 드러내지 않았다.

Chapter 2

사전에 계획한 방화는 없었다. 유릭은 지붕 위에 올라가 상황을 기다렸다. 아직까지 도시는 불타지 않았다.

"유릭, 올가가 실패했을 가능성도 염두에 둬야 돼."

유릭과 같이 정찰을 나온 전사가 중얼거렸다. 그들은 지붕에 바짝 엎드려서 동향만 살폈다.

"올가가 실패하면 우리도 실패하는 거지."

유릭이 성문 쪽을 살폈다. 당장 보이는 병력만 해도 수십여 명이 넘었다. 도시 안쪽에서는 횃불을 든 순찰대가 수시로 오갔다.

때가 되었음에도 거창한 폭발이나 방화는 일어나지 않았다. 대신에 밤의 침묵을 깨는 종소리가 골목마다 차례대로 퍼졌다.

"야만인들이 황궁을 습격했다!"

순찰대는 물론이고 성문을 지키던 병력도 상당수가 빠져나갔다. 야만인의 규모가 어느 정도인지 모르기에 황궁으로 병력이 모였다.

황궁에는 황제가 있다. 황제가 죽으면 아무리 대단한 제국군이라도 중심을 잃고 와해된다.

"유릭? 저들이 뭐라는 거야?"

병사의 말을 알아먹지 못한 전사가 유릭에게 물었다.

유릭은 주먹을 깊게 쥐며 눈을 감았다가 떴다. 올가에게 무슨 일이 있었는지는 그도 모른다.

'다만 계획대로 일이 풀리지 않았다는 건 분명하지.'

올가와 전사들은 황궁을 습격했다. 이목을 끌기에 이보다 더 좋은 방법은 없었다. 그러나 화염기름 창고를 터뜨리는 것보다 훨씬 위험했다.

"하수로에 있는 전사들을 불러. 이제 움직인다."

유릭의 말을 들은 전사가 고개를 끄덕이며 엉거주춤하게 지붕에서 내려갔다. 그는 날렵하게 땅바닥을 기어 다니며 하수로 입구 안으로 얼굴을 들이밀었다.

"유릭이 부른다. 가자."

하수로 입구 밑에서 쉬고 있던 전사들이 눈을 떴다. 전사들이 한 명씩 지상으로 올라갔다. 간만에 맛보는 상쾌한 공기에 웃음이 히죽히죽 나왔다.

"올가가 성공했나 보군!"

"그럴 줄 알았어. 올가는 믿을 만하지."

성문의 경비는 현저히 줄었다. 바깥을 보는 경계병은 그대로였지만, 내부를 지키는 순찰대와 병력은 절반도 되지 않았다. 특히 기사들은 황제를 지키기 위해 누가 먼저랄 것도 없이 말을 타고 달렸다.

황제 얀키누스는 상벌이 확실한 사람이다. 얀키누스의 목숨을 구하면 어마어마한 보상으로 돌아온다. 공을 노린 기사들은 자신의 자리를 이탈했다.

'올가는 자신의 역할을 다했다.'

유릭은 미끄러지듯 지붕 밑으로 내려왔다. 그는 골목길에 모인 전사들을 바라봤다.

"게오르크, 넌 성문이 열리면 말을 타고 우리 진영으로 가라. 내가 살아 있다는 걸 알려."

유릭이 게오르크를 향해 턱짓을 했다.

전사들은 유릭의 신호만을 기다리며 무기를 꺼내 들었다.

뎅, 뎅, 뎅!

종소리가 더욱 커졌다. 황궁의 습격에 도시 전체가 혼란스러웠다. 불안이 퍼져 나가며 차분했던 성문 주변이 어수선했다.

성문의 경비들도 야만인의 야습 소식에 부산스럽게 떠들었다.

"황궁으로 야만인들이 쳐들어갔다고?"

"하수로에서 살아남은 놈들인가 보군."

"황궁의 경비를 맡지 않은 게 다행인지 불행인지 모르겠네."

"당연히 다행인 거지. 난 돈을 얼마 준다 해도 야만인과 정면으로 맞서기 싫어. 끔찍한 놈들이라고."

"어라? 팔렌 경은?"

"아까 말을 타고 황궁으로 가던걸?"

"그럼 우리만 있다는 거잖아."

막상 그리 생각하니 불안했다. 야만인들이 황궁에 있다는 걸 알았지만 기사들이 자리를 비우니 간담이 서늘했다.

"걱정할 것 없어. 저기 성벽 위에 걸려 있는 게 그 대단한 유릭이잖아. 드디어 루께서 우리에게 빛을 비추신 거겠지."

"저게 정말로 유릭의 시체일까?"

성문 아래에 선 병사가 불안한 눈으로 성벽 위를 바라봤다. 높으신 분들은 장대 높이 걸린 시체가 유릭이라고 했다. 다 타버린 시체라서 진위를 확인할 방법도 없었다.

"난 유릭을 본 적이 있어. 예전에 마상창시합에서 봤지. 유릭에게 돈을 걸어서 제법 땄거든. 첫 시합에서 보는 순간부터 범상치 않은 놈이라는 걸 알았지."

유릭을 아는 병사가 기억을 더듬으며 말했다.

스스슥.

횃불이 흔들린다. 골목 뒤로 그림자가 잠깐 일렁였다.

"거기 누구야?"

"네가 가봐. 저번에 술은 내가 샀잖아."

"더러워서 진짜."

병사가 투덜거리며 먼저 앞으로 걸어갔다.

'그냥 부랑자겠지.'

근래는 부랑자들이 자주 출몰했다. 하멜이 자랑하던 치안은 전쟁통에 많이 나빠졌다. 고향을 잃은 난민들이 하멜로 꾸역꾸역 몰려오곤 했다.

"지금 같은 시기에 성벽 밖으로 추방은 안 할 테니까. 이리 나와."

병사가 어두운 골목을 보며 말했다. 그가 창끝을 앞으로 세웠다.

"……정말?"

안쪽에서 목소리가 들렸다. 제법 굵직한 저음이었다.

"지금 성벽 밖으로 나가면 죽은 목숨일 텐데, 나도 그렇게 인정머리가 없지 않아."

어두운 골목길에서 발소리가 났다. 옅은 달빛 사이로 누군가가 모습을 드러냈다.

"그 인정머리 때문에 산 줄 알아."

콰직!

병사의 눈앞이 번쩍였다. 마지막으로 본 건 커다란 주먹이었다. 그는 기절한 채로 바닥에 나뒹굴었다.

저벅, 저벅.

유릭이 주먹에 묻은 피를 닦으며 골목길을 나왔다.

"아, 아……!"

동료가 날아가는 걸 빤히 보던 병사는 심장이 멎는 것만 같았다. 그는 두 눈으로 유릭을 바라봤다. 똑똑히 저 덩치와 얼굴을 기억하고 있었다.

"유, 유, 유… 릭!"

병사의 몸이 딱딱하게 굳었다. 숲에서 곰을 만나도 이보다 놀라진 않을 것이다. 자신도 모르게 실금해 아랫도리가 누렇게 젖어간다. 문명세계를 파괴한 괴물이 눈앞에 있었다. 딱딱 떨리는 이는 멈출 줄 몰랐다.

모습을 드러낸 건 유릭 혼자만이 아니었다. 골목길에서 무기를 느슨하게 쥔 전사들이 유릭을 따라 걸어 나왔다. 그들은 고개를 좌우로 삐딱하게 흔들며 병사들을 바라봤다.

"먼저 간 형제들을 위해 승리를 바치자."

끼익, 끼익.

천막을 걷는 소리가 고요했다. 연맹군은 야밤에 철수를 준비했다. 행여나 모를 제국의 역습을 피하기 위해서였다.

'제국군도 우리가 이만큼 굶주리고 있다는 건 모르겠지.'

벨루아는 마지막으로 남은 육포를 찢어서 녹이듯 천천히 씹어 먹었다. 보급선이 완전히 끊어지면서 포를카나-연맹군은 기아 상태에 빠졌다.

'이길 수 있다는 희망마저 사라졌다. 끝장이지.'

여기서 더 주둔해 봐야 굶주려서 전멸할 뿐이다. 돌아가는 길에 약탈을 해서 제국에게 타격을 주는 게 최선이었다.

"유릭은 없지만, 우리는 다음을 준비해야 돼."

벨루아는 철수 준비로 바쁜 연맹군을 바라봤다.

'육손이의 점괘를 믿지 않더라도, 유릭은 죽었을 가능성이 높아.'

상황은 좋지 않았다. 하멜로 침입했던 전사 태반이 불에 타서 죽었다. 차라리 칼에 맞아 죽은 시체라면 마음이 더 놓일 터였다.

"벨루아, 정말 유릭이 죽었을 것 같소? 어떻게 우리가 여기까지 왔는데 이대로 철수한단 말이오?"

곰가죽을 두른 전사가 다가오더니 불만을 내뱉었다. 서부에서도 극서에 위치한 카르카르 부족의 장이었다.

"이미 결정된 사안이다. 제사장의 점괘도 있었지. 여기서 더 버틴다고 우리에게 어떤 영광이 있다는 거지?"

벨루아가 차갑게 말했다. 그녀도 퇴각이 내키진 않았다.

"끝까지 싸워야 하오. 싸우지도 않고 도망갈 순 없소."

"개죽음을 자초하는 건 용맹한 게 아니야."

"전사들은 오늘의 비겁함을 기억할 거요."

카르카르 부족장이 고개를 돌리며 사라졌다.

'연맹도 끝났군. 짧았던 전성기였어.'

고향으로 돌아가면 연맹은 와해된다. 가까운 부족끼리 묶이며 여러 집단으로 갈라질 게 뻔했다. 서부의 통합을 주도했던 두 명의 전사가 모두 사라졌다. 사미칸도 유릭도 없이 연맹을 유지하는 건 불가능했다.

'하늘산맥과 가까운 부족들이 유리하면서도 어쩌면 불리하기도 하지. 문명과 교류하든 다시 싸우든 가장 먼저 접촉하게 될 테니까.'

벨루아의 붉은모래 부족도 하늘산맥과 가까운 부족에 속한다.

'싸우는 게 아니라 교류를 해야 돼. 하늘산맥과 가까운 왕국들과 협정을 맺고 힘을 키워야 한다. 제국이 혼란을 수습하면 다시 우리의 땅을 넘볼 테니까.'

벨루아는 눈을 감으며 미래를 생각했다. 전쟁의 시대는 끝났다. 제국도 서부도 피해가 막심했다. 서부도 사내란 사내는 모조리 데려오다시피 했다. 여기서 전멸한다면 서부에 남아 있는 사내라곤 노인과 아이뿐이다.

"비겁하다 손가락질해도 누군가는 결정해야 할 비겁함이지."

벨루아가 키득키득 웃었다. 그녀는 허전한 옆구리를 매만졌다. 항상 부적처럼 들고 다닌 운철단도가 없었다. 소중한 보물을 대족장 유릭에게 공물처럼 바쳤다.

'그 단도에 하늘의 뜻이 깃들었다면 너를 지켜주겠지.'

운철은 하늘에서 떨어진 신비의 금속이다. 벨루아가 여자의 몸으로 부족장이 될 수 있었던 것도 운철 덕분이었다. 인간의 흥망성쇠는 하늘의 뜻이며 운명이다. 벨루아도 다른 전사들처럼 그리 생각했다.

'우리가 여기까지라면, 하늘이 그리 결정한 것이다.'

제국강철의 비밀은 결국 캐내지 못했다. 하지만 서부의 야금술도 비약적으로 도약했다. 야금술만이 아니라 문명의 앞선 기술을 금방 받아들였다. 서부가 발달하는 것도 시간문제였다.

피비린내 나는 전쟁이었지만, 덕분에 문화와 문명은 교류했다. 앞으로도 좋든 나쁘든 교류는 계속될 것이다.

"우리가 노예가 되지 않은 것도 결국은 유릭 덕분인가……."

서부와 문명의 충돌은 유릭의 탓이 아니다.

유릭이 아니더라도 문명세계는 서부를 발견하고 정복사업

을 시작했을 것이다. 서부의 전사들은 감히 금기를 어기고 하늘산맥을 넘을 생각을 하지 못했다. 유일하게 유릭만이 하늘산맥 너머의 미지를 갈구하고 탐험했다.

이대로 서부로 돌아가더라도 유릭은 영웅으로 남을 터다. 많은 전사들이 유릭을 흠모하며 숭배할 것이다.

'어쩌면 이대로 유릭이 사라지는 게 내겐 다행일지도 몰라.'

벨루아에겐 사미칸의 아이가 있었다. 그것도 사내아이다. 아비의 복수를 하지 않는 사내는 경멸을 받는다. 그러나 유릭은 너무나 큰 산인지라 벨루아의 아들이 장성하더라도 감히 넘보지 못할 것이다.

'유릭이 살아서 이 전쟁에서 승리했다면 그 누구도 넘보지 못할 위대한 전사가 되겠지. 동시대를 같이 살아간 자들은 모두 반딧불로 만들 만큼 찬란한 빛이 될 거다.'

벨루아는 씁쓸하게 웃었다. 벨루아도 붉은모래 부족의 불세출 영웅이었다. 그녀는 붉은모래 부족을 크게 번성시켰다. 그녀만이 아니라 지금 연맹의 전사 중에서 화려한 영웅담을 가진 사람들이 허다했다.

'그러나 유릭 앞에서는 무의미한 영웅담이지.'

단신으로 하늘산맥을 넘고, 의기 하나만으로 서부에 돌아와 대족장이 되었다. 그에 비하면 혼자서 열 명과 싸워 이겼느니, 곰과 맨손으로 붙어 살아남았느니 하는 건 사소한 일화에 불과했다.

툭, 툭.

지팡이가 땅을 두드리는 소리가 났다. 뼛조각도 딸각거렸다.

벨루아는 그 소리만 들어도 상대가 누군지 알았다.

"육손이."

벨루아의 눈동자가 거칠었다. 육손이의 목을 졸라 죽이고 싶은 충동이 스멀스멀 새어 나왔다.

'교활한 뱀 같은 놈.'

육손이의 모략과 계략을 모르는 사람은 없다. 그러나 누가 뭐래도 쉽게 건드리기 힘든 연맹의 제사장이었다. 아직도 그 영향력은 평전사들 사이에서 대단히 강했다.

"벨루아, 철수 결정을 주도해 줘서 감사하오."

육손이가 누런 이를 드러냈다.

"네가 마음에 들어서 그런 게 아니야. 다른 선택의 여지가 없었던 것뿐이지."

"이미 우린 많은 업적을 이뤘소. 남은 건 영광을 가져가 나누는 것이지."

"영광? 도망가는 신세에 영광이 어디 있단 말이지?"

"우린 다시 한번 통합될 거요. 사미칸의 아이가 당신에게 있지 않소. 십여 년이면 충분하겠지. 내가 그 아이의 후원자가 되겠소."

육손이의 말을 들은 벨루아가 배를 잡으며 웃었다.

'사미칸, 유릭, 그다음에는 내 아들인 거냐……'

육손이의 생각이 빤히 보였다.

"당신과 사미칸의 아이라면 언젠가 하늘의 운명을 받들 거요. 평범한 삶을 살지 않겠지. 내 힘을 합하면 유릭과 사미칸보다 더 큰 업적을 세울 수 있을 거요."

"그리고 내 아들이 너와 뜻이 맞지 않으면 사미칸이나 유릭처럼 적대하겠지. 넌 구더기 같은 놈이다, 육손이."

"모욕은 그만두시오. 나는 연맹의 제사장이오, 벨루아. 지금 연맹의 그 누구도 내 지지 없이 연맹을 휘어잡지 못하지."

연맹의 절대적인 존재였던 사미칸과 유릭도 없다. 어찌 보면 유릭과 사미칸이 사라지고 나서야 진정한 부족연맹의 형태가 되었다. 모두가 서로를 견제할 만큼의 동등한 권력과 영향력이 있었다.

"공명정대한 하늘이 널 보고 있다면, 너는 반드시 파멸할 거다, 육손이. 네 최후가 얼마나 끔찍할지 벌써부터 기대가 되는군."

"하늘의 뜻을 그 누구보다 잘 아는 사람은 바로 나요."

"하늘을 누구보다 잘 속이는 사람이겠지. 다시 한번 묻겠다. 정말로 유릭이 죽었다고 점괘가 나온 건가?"

"의심할 여지도 없소."

육손이가 여섯 손가락을 자신의 얼굴을 대며 웃었다. 손가락 틈 사이로 육손이의 눈이 반짝였다.

"네 입에서 나온 말들 중에 진실이 몇이나 될까……."

"내 제안은 거부한 걸로 알겠소."

육손이가 웃었다. 여유가 있는 쪽은 육손이였다. 벨루아가 손을 잡지 않는다면 다른 사람을 찾아보면 된다.

'권력을 탐하는 자들은 어디에나 있다. 부족장 중 누군가는 내 제안을 거절하지 못하겠지.'

육손이가 벨루아에게 인사를 하곤 천막을 나섰다. 새벽이 되기 전에 주둔지를 버리고 움직여야 하기에 전사들이 분주히 움직였다.

"유리이이익이 살아 있다-!!"

육손이가 깜짝 놀라서 목소리가 들린 방향을 쳐다봤다. 척후병으로 나가 있던 전사가 헐레벌떡 뛰어왔다.

"유릭은 죽지 않았어! 살아 있다아아아아-!!"

척후병이 목청이 나가라 외쳤다. 얼마나 목소리가 큰지 자고 있던 전사들도 벌떡 일어나 귀를 기울였다.

"뭐라고?"

"유릭이 살아 있어! 우리의 대족장은 죽지 않았다고-!!"

척후병이 보는 사람마다 어깨를 붙잡으며 외쳤다. 그 말을 듣고 전사들이 눈을 크게 떴다.

"그게 무슨 소리인가!"

부족장들이 뛰쳐나오더니 척후병을 불러 세웠다.

"유릭이 살아서 제국군과 싸우고 있습니다! 바로 대족장을 도우러 가야 합니다!"

"그걸 네가 어떻게 아는 거지?"

육손이가 미간을 찌푸리며 척후병 앞에 섰다. 부족장들의 시선이 육손이에게 모였다.

'분명 제사장 육손이는 유릭이 죽었다고 말했다.'

육손이는 모두가 듣는 앞에서 유릭의 죽음을 선포했다. 날카로운 시선이 육손이에게 쏟아졌다.

"대족장이 살아 있다고 놈들이 헛소문을 날리는 걸지도……. 함정에 빠져선 안 되오."

육손이가 팔을 벌리며 부족장과 전사들의 시선을 모았다.

'여기서 유릭이 살아 있으면 안 돼. 왜 이제 와서…….'

땀이 어찌나 흐르는지 육손이의 얼굴에 묻은 검은 안료가 녹아내릴 듯했다.

"유릭은 살아 있습니다!"

척후병이 왔던 길로 게오르크가 나타났다. 게오르크가 다리를 절뚝거리며 다른 척후병의 부축을 받고 있었다.

게오르크는 어수룩한 부족어를 구사하며 전사들을 바라봤다.

유릭과 전사들이 싸우는 사이에 게오르크는 말을 타고 하멜에서 탈출했다. 그러나 게오르크는 성벽에 있던 쇠뇌병의 화살에 맞았다. 낙마한 게오르크는 다리를 절뚝이며 연맹의 주둔지까지 왔다.

"지금 하멜의 성문이 소란스럽습니다! 무슨 일이 있는 게 분명합니다."

눈이 좋은 전사들이 언덕 위로 올라갔다 오며 외쳤다.

"유릭이 살아 있다고! 이 망할 야만인들아아아! 빨리 무기를 들고 가서 싸워! 성문이 열렸어! 성문이 열렸다고!"

게오르크가 소리를 질렀다. 제국어와 부족어가 섞인 말이었다.

게오르크도 상당한 중상이었다. 어깨에는 화살을 맞았고, 다리는 크게 삐었는지 혼자 걷지도 못했다.

"유릭이? 유릭이 살아 있어?"

부족장들이 웅성거렸다. 게오르크는 문명인 용병대의 수장들을 불러서 소리를 질렀다.

"무기를 들고 가라! 하멜의 모든 것이 너희들의 차지다! 황궁의 보물과 황제의 여인까지 우리의 것이라고!"

게오르크가 고래고래 소리를 질렀다. 그는 몹시 흥분했다.

상황이 심상치 않음을 느낀 육손이가 의식용 단도를 뽑아서 게오르크의 목에 들이밀었다.

"이자는 원래 문명인이오! 적들의 사주를 받아 우리를 함정으로 데려가려는 거지! 내 점괘를 보았지 않소! 유릭은 죽었소!"

게오르크가 크게 당황했다. 기껏 힘들게 여기까지 왔는데 육손이가 자신을 죽이려고 했다.

"이 빌어먹을 약쟁이가!"

게오르크의 표정이 일그러졌다. 한시가 급했다. 유릭과 전사들이 성문을 열어둔 채로 버틸 수 있는 시간은 얼마 되지 않았다. 황궁에 갔던 병력이 돌아온다면 유릭과 전사들은 죽은 목숨이다.

"사미칸의 고문조차 이기지 못해 거짓말을 내뱉는 네 간사한 입을 믿을 사람은 여기에 없다! 대족장 유릭의 은혜에도 불구하고, 배신해서 혼자 살아 돌아왔군!"

육손이가 그리 내뱉으며 부족장과 전사들의 반응을 살폈다. 아직까진 반반이었다.

"살아 있다고, 유릭은 살아 있어. 지금 형제들을 기다리며 싸우고 있단 말이야! 이 멍청한 놈들아!"

게오르크가 목이 갈라져라 외쳤다. 기껏 여기까지 왔는데 모든 게 수포로 돌아가게 생겼다.

당장 전사들이 무기를 들고 달려가도 시간이 부족할 판이었다. 그런데 이렇게 결정이 질질 늦어졌다.

소란은 들은 벨루아가 천막 바깥으로 뛰쳐나왔다.

"그게 사실인가? 게오르크?"

"내 말이 거짓이면 내 가죽을 벗겨 옷으로 만들어도 됩니다! 벨루아!"

벨루아의 동공이 흔들렸다.

'유릭이 살아 있어?'

죽어도 고민, 살아 있어도 문제였다. 훗날 자신의 아들이 적으로 삼아야 할 전사가 유릭이다.

벨루아와 육손이의 눈이 마주쳤다. 육손이가 눈을 가늘게 뜨며 벨루아를 향해 고개를 까딱였다. 유릭의 죽음은 서로의 이득이라는 걸 강조하는 듯했다.

육손이를 보자마자 벨루아의 고민이 끝났다.

아들의 일은 아직 머나먼 미래다. 하지만 저 육손이는 코앞에 있는 더러운 오물덩어리였다. 그게 결정적인 이유였다.

"육손이……."

벨루아가 표범처럼 그르렁거렸다. 그녀가 입꼬리를 말아 올렸다.

"……넌 이제 끝났어, 개자식아! 우린 대족장 유릭과 함께 싸우러 간다! 무기를 들어라!"

기다렸다는 듯이 유릭의 파벌에 속했던 전사들이 펄쩍 뛰었다. 그들은 당장 손에 잡히는 무기만 들고 근처 전사들과 무리를 이뤘다. 게오르크의 말대로라면 한시가 급한 일이었다.

"벨루아! 후회할 거요! 저들의 함정이오! 유릭은 죽었단 말이오!"

육손이가 당황하며 전사들을 만류했다. 그러나 그 말을 듣는 전사는 없었다. 전사들도 굶주린 포위에 지쳤다. 유력이 살아 있다면 싸우지 않을 까닭이 없다.

"닥쳐! 우리가 살아 돌아오면, 넌 차라리 죽여달라고 내게 빌게 될 거다! 먼저 간 사미칸이 널 반기겠군!"

벨루아가 육손이를 걷어차며 외쳤다. 대단한 무례였지만, 어차피 함정이면 벨루아는 살아서 돌아오지 못할 것이고, 유력이 살아 있다면 육손이가 끝장이다.

"오우-우-우-우! 가자아아아-!! 배가 고프면 저들의 살을 뜯어먹고, 목이 마르면 놈들의 피를 마셔라!"

벨루아는 전령을 불러 포를카나군에게도 유력의 생존을 알렸다.

어느새 반신반의했던 유력의 생존은 기정사실이 되었다. 유력이 살아 있다고 믿는 전사들이 하멜의 성문을 향해 내달렸다.

고트발은 종이를 꺼내 무언가를 적었다.

"유력."

입술의 움직임과 함께 글자도 움직였다. 종이에 적힌 글자는 유릭의 이름이었다.

'정말 죽은 겁니까? 죽었다면 유령이 되어서라도 내 앞에 나타나시죠.'

고트발이 태양성상이 있는 간이제단 앞에 무릎을 꿇었다.

"루여, 부디 유릭의 영혼이 방황하고 있거든 가엾게 여기어 거두어주시옵소서."

원래는 시신을 찾아 화장을 해야 한다. 그게 태양교의 장례였다. 그러나 유릭의 시체를 되찾을 수 없으니 약식으로나마 유릭의 이름을 종이에 적었다.

"사제님, 정의가 실현된 거예요. 문명인이 이기고, 야만인이 패배했죠."

"바샤, 정의란 그렇게 얄팍하지 않습니다."

"저들의 우리의 땅을 침략하고 불태웠어요! 저들이 악이 아니라면 누가 악이란 말이죠? 야만인은 우리와 같은 루의 자식이 아니라 짐승이라고요!"

사람을 가르치기란 언제나 어렵다. 경험으로 쌓아온 편견은 쉽게 무너지지 않는다. 바샤는 야만인의 손에 모든 걸 잃은 소녀다. 그런 그녀가 어찌 야만인을 긍정할까?

고트발은 그런 모순과 어려움을 알면서도 바샤를 바라봤다.

"침략을 악으로 정의한다면 제국이야말로 악의 근원일 겁니다. 서부를 먼저 공격한 것은 제국입니다. 엄연히 따지면 연맹은 방어전쟁의 연장을 수행하고 있는 거죠. 유릭은 정복하고 싶어서 여기에 온 게 아니었습니다. 단지 고향의 안위를 확보하기 위한 마무리였죠."

바샤는 말문이 막혀 머뭇거렸다. 농부의 딸에 불과했던 그녀가 전쟁의 내막을 자세히 알 리가 없었다. 그저 막연하게 야만인이 쳐들어왔다고 생각했었다.

"……그럼 제 증오는 누구를 향해야 한다는 거죠? 저들이 잘못이 없다고 말하는 건가요? 사람을 죽이고 강간하는 짐승들이 잘못이 없다고요?"

"그것 역시 죄입니다. 하지만 우린 야만인보다 성숙하고 앞선 문명인입니다. 아이가 분노를 쏟아낸다고, 어른도 똑같이 아이에게 분노를 쏟아낼 순 없습니다. 저 무지한 자들이 잘못을 깨닫게 도와야 하죠."

"말도 안 되는 소리! 사람들이 모두 살해당하고 나서도 사제님은 그런 말을 내뱉을 건가요? 야만인들은 루의 곁으로 갈 자격이 없어요!"

바샤가 소리를 질렀다. 그녀는 고트발의 손에 있는 종이를 뺏으려고 했다.

"바샤! 유릭은 존중할 가치가 있는 사람입니다! 저는 제 팔과 바꿔 유릭을 구했죠. 팔이 아니라 목숨과 바꾸더라도 유릭을 살렸을 겁니다."

"그깟 야만인!"

소란이 일었다. 두 사람의 몸싸움에 밀린 태양성물이 땅에 떨어졌다.

"용서는 어려우나, 증오는 쉬운 법입니다."

"사제님께서 야만인을 용서하고 긍정한다면, 제가 사제님을 부정할 겁니다! 제가 루의 목소리를 들었단 말입니다!"

"그게 당신의 문제란 말입니다, 바샤! 루의 이름으로 당신의 증오를 정당화하지 마세요!"

바샤의 눈동자가 떨렸다. 그녀는 고트발의 허리춤에 있는 단도를 빼앗아 뽑았다.

"타락한 사제……"

팔이 하나 없는 고트발은 바샤의 공격을 당해내기 힘들었다. 바샤의 눈이 공허하게 빛났다.

끼이이익.

바샤가 고트발의 팔을 위로 밀었다. 힘싸움이 일면서 서로의 눈이 맞닿았다.

"사제님도 결국은 야만인에게 물들어 루의 진정한 뜻을 보지 못하는 거죠……"

칼날이 고트발의 목을 노렸다. 고트발은 팔 하나로 간신히 바샤를 밀고 있었다.

"바샤……. 이게 정녕 당신의 선택입니까?"

"죽거든 루께 가서 물어보세요. 누가 옳았는지 말씀해 주실 겁니다."

바샤도 그간 험한 생활을 해서 완력이 보통 여자보다 강했다. 건장한 체격도 아닌 고트발이 한 팔로 감당하기 힘들었다.

파드득!

천막의 문이 크게 열렸다. 기도를 하러 왔던 바르카가 고트발과 바샤를 보곤 화들짝 놀라 달려들었다.

"이게 뭐 하는 짓입니까!"

바르카가 바샤의 옆구리를 걷어찼다. 바샤가 데굴데굴 구르며 천막 안쪽에 처박혔다.

키잉!

바르카는 능숙하게 칼을 뽑아서 바샤의 목에 가져다 댔다.

"야만인과 손을 잡은 배교자의 왕. 그 야만인과 밤마다 침대에서 붙어먹었나 보지?"

바샤가 칼날을 손으로 잡으며 킬킬 웃었다.

"드디어 네가 미쳤군! 너를 보살펴 준 고트발 수사님을 죽이려고 들다니!"

바르카는 전후 사정을 몰라도 바샤의 잘못부터 탓했다. 고트발을 향한 절대적 신뢰가 있었으며, 애초에 바샤는 제국군의 선봉에 있던 여자였다.

바르카가 칼을 높게 들었다. 단숨에 바샤의 목을 칠 생각이었다. 포를카나의 바르카 왕은 사람 하나를 죽이지 못해서 쩔쩔매는 소년이 아니었다.

"바샤를 살려주십쇼, 전하."

몸을 추스른 고트발이 바르카를 만류했다.

'바샤가 나를 공격했다고 보복한다면, 바샤의 복수를 긍정하는 꼴이다.'

가르치길 원한다면 모범을 보여야 한다. 고트발이 성큼성큼 다가가더니 바샤의 어깨를 붙잡았다.

"바샤, 유릭은 문명인을 약탈하고 아녀자를 겁탈하는 야만인의 수장입니다."

"……잘 알고 있으시네요."

"하지만 그 유릭이 나무통에 숨은 소녀를 안타깝게 여겨 때론 관용을 베풀기도 합니다. 그 하나만으로 수많은 악행이 사라지진 않지만, 적어도 이렇게 당신은 살아 있지 않습니까."

바샤의 어깨가 떨렸다. 그녀가 고트발의 손목을 굳게 잡았다.

"그, 그게 무슨 뜻이죠? 무슨 의도로 그런 말을 하신 겁니까!"

"아이와 여자 가릴 것 없이 잔악무도하게 죽이는 야만인 유릭이, 왜 전장에서 만난 당신을 살려줬으며 융성하게 대접하는 친절까지 베풀었다고 생각하십니까?"

"헛소리! 그만! 그만하라고!"

고트발은 끝까지 바샤를 붙잡으며 말을 이었다.

"유릭은 당신을 기억하고 있었습니다. 나무통에 숨어서 떨던 소녀를 불쌍히 여겼죠. 그 순간만큼은 폭력으로 번들거리는 눈동자가 아닌 루의 눈으로 당신을 보았을 겁니다."

바르카는 혹시라도 바샤가 반항할까 봐 칼을 들고 서 있었다.

"그런 말도 안 되는 말을 제가 믿을 것 같아요? 절 구한 야만인이 유릭이라는 게 말이 안 되잖아요……."

바샤도 말꼬리를 흐렸다. 심장이 쿵쿵 뛰었다.

"그래서 루의 뜻이고 기적이라는 겁니다, 바샤. 우리 인간은 살아서는 루의 목소리를 듣지 못합니다. 그저 현상을 보고 그분의 의도를 어렴풋하게 엿볼 뿐입니다."

"닥쳐요, 제발. 그만……."

바샤가 머리를 쥐어뜯을 듯이 붙잡으며 몸을 웅크렸다.

'바샤가 부서질 것만 같다.'

고트발은 바샤가 진실을 받아들일 준비가 될 때까지 기다렸었다. 하지만 증오의 늪에 더 깊게 들어가는 바샤를 두고만 볼 순 없었다.

"유릭."

고트발은 잠시 바샤를 내버려 두곤, 촛불에 유릭의 이름이 적힌 종이를 태우려고 했다.

"전하!"

바깥에서 사내의 목소리가 쩌렁쩌렁 퍼졌다.

'제국군이 역습이라도 나온 건가?'

바르카도 당장 바깥으로 뛰쳐나갔다. 전령의 보고를 들은 기사가 손가락을 들어서 연맹군의 주둔지를 가리켰다.

"유, 유릭이 살아 있다고 합니다! 야만인들이 총공세에 나섰습니다!"

이미 발이 빠른 야만인들이 하멜의 성문을 향해 달려가고 있었다.

"유릭이 살아 있단 말입니까?"

고트발도 바르카를 따라 나오며 하멜을 바라봤다. 그러나 유릭의 생존은 그저 확신 없는 소식이었다.

"우리 군도 야만인과 합류합니까?"

기사가 바르카의 대답을 기다렸다.

"전투를 준비해라. 성문돌파가 확실하면 우리도 싸움에 나선다."

바르카는 당장 뛰쳐나가지 않았다. 그는 왕이었고, 유릭보다 국가의 안위와 병사의 목숨을 우선시해야 했다. 성문을 열지 못하면 몇만 명이 몰려가든 개죽음일 뿐이다.

'부디 살아 있어라, 유릭.'

왕좌에 앉아 있는 사람은 감정과 판단을 떼어놓아야 한다. 바르카도 경험으로 왕의 판단법을 배웠다. 가슴이 가는 곳이 언제나 정답은 아니었다.

Chapter 3

유릭이 성문을 돌파하는 건 한순간이었다. 성문 아래에 있는 병력은 고작해야 십여 명이었다. 그들이 방어태세를 갖추기도 전에 유릭과 전사들은 성문 앞까지 다가왔다.

유릭이 도끼를 쥐고 병사들 사이로 뛰어들어 갔다. 마치 적의 창과 칼이 자신에게 닿지 않는다고 확신하는 듯했다.

"으, 으아아아아!"

거구의 야만인이 뛰어들어 오자 병사들이 비명을 질렀다. 침착하게 창을 찌르는 병사는 없었다. 우왕좌왕하다가 유릭의 칼에 목이 떨어졌다.

"유우우우우릭-!!"

전사들이 유릭의 이름을 울부짖으며 따라 들어왔다. 대족장의 지위임에도 유릭은 언제나 선두에 섰다. 입이 아닌 쇠붙이로 대족장이 전사 중의 전사라는 걸 증명했다.

"가라! 게오르크!"

유릭은 파발마를 붙잡아서 게오르크를 불렀다. 게오르크가 비틀거리며 말 위로 올라탔다.

"유릭, 살아남으십쇼."

"살아남으라고 말할 게 아니라, 네가 날 살려야 돼."

유릭이 피가 덕지덕지 묻은 손으로 말의 엉덩이를 때렸다.

게오르크가 힘차게 말을 몰며 고개를 숙였다. 그는 성문다리가 전부 내려오기도 전에 해자를 뛰어넘었다.

"성벽으로 올라가! 놈들이 게오르크를 노린다!"

유릭이 쉬지도 않고 성벽을 올라갔다. 보초들이 게오르크를 향해 쇠뇌를 쏘다가 유릭을 보곤 기겁했다.

유릭이 병사의 머리를 잡아서 성벽 바깥으로 내던졌다. 해자에 빠진 병사가 허우적거렸다.

"놓치지 마라! 저놈을 맞혀!"

모든 기사가 자리를 비운 건 아니었다. 성벽의 지휘를 맡은 기사가 게오르크를 보곤 소리를 질러댔다.

피슛!

화살이 아슬아슬하게 게오르크를 맞혔다. 조금만 늦었어도 사정거리에 닿지 않을 뻔했다.

"한 번 더……! 아, 아아아!"

쇠뇌를 쏘던 병사가 등 뒤에서 솟은 인기척에 소리를 질렀다. 유릭이 뛰다시피 하며 성벽의 병사들을 돌파했다. 그가 한 걸음 내디딜 때마다 자상을 입은 병사들이 성벽 좌우로 떨어졌다.

"네가 바로 그 유명한 유릭인가! 내가 상대해 주지!"

종횡무진하는 유릭의 앞을 기사가 막아섰다. 성벽의 폭은 좁아서 상대를 죽이지 않으면 넘어가기 힘들었다.

"나는 바스탈 가문의 장자, 컥! 며, 명예도 모, 모르는!"

기사가 끝까지 말을 마치지 못했다. 유릭의 칼이 그의 목을 파고들었다.

"그래, 명예롭게 죽어라."

유릭은 기사의 목을 찔렀던 칼을 옆으로 휘둘렀다. 기사가 피를 뿜으며 성벽 아래로 떨어졌다.

'게오르크'

유릭은 게오르크를 바라봤다. 게오르크는 화살에 맞아서 낙마했다.

"게오르크-!! 일어나라라아아!"

유릭이 소리를 질렀다. 그러면서도 그의 손은 살육을 멈추지 않았다. 뒤따라온 전사들이 유릭을 보조하듯 사각을 지켰다.

유릭의 목소리가 쩌렁쩌렁하게 퍼졌다. 게오르크에게도 닿았는지 반응이 있었다.

곧 게오르크가 엉거주춤하게 일어났다. 어깨는 불로 지진 듯이 화끈화끈했지만 그는 앞으로 뛰었다. 유릭의 목소리에 밀려나듯이 불안한 자세였다. 그러나 확실하게 한 걸음씩 전진했다.

"게오르크를 쏜 놈이 너냐?"

유릭이 쇠뇌를 든 병사 앞까지 다가갔다. 유릭이 걸어온 성벽 뒤로는 시체들 때문에 발을 내디딜 곳조차 없었다.

"아아아으아."

병사가 쇠뇌를 내던지곤 스스로 해자로 뛰어들었다.

'사, 살아야 돼. 저자가 바로 그 유릭이다.'

병사는 첨벙거리며 해자 위로 얼굴을 들었다. 그의 눈동자가 성벽 위를 훑었다. 곧 병사의 안색이 새파랗게 질렸다.

"이봐, 목숨 같은 무기를 던지고 갔으면 죽어야지."

유릭은 병사가 내던진 쇠뇌를 들곤 아래를 겨누고 있었다. 그는 뛰어내린 병사를 향해 화살을 쐈다.

피슛.

머리에 화살을 맞은 병사가 해자 밑으로 가라앉았다. 유릭은 심드렁하게 사용한 쇠뇌를 좌우로 잡아서 부러뜨렸다.

"유릭, 횃불이 이쪽 방향으로 오고 있다."

성문의 정리가 끝났다. 그러나 전투는 이제부터였다.

유릭과 전사들은 꾸역꾸역 몰려드는 제국군을 상대로 성문을 지켜야 했다.

"몇 명 남았지?"

"스물두 명."

전사가 대답했다.

……그리고 정신을 차려보니 유릭은 혼자였다.

숨이 턱까지 차오른다. 숨을 내뱉으면 눈앞이 어두워지고, 숨을 쉬면 눈앞이 밝아졌다.

유릭은 손가락을 꿈틀거렸다. 도끼날은 피로 무뎌져서 베는 감이 둔했고, 칼날은 이가 나간 게 틀림없었다.

"어이, 다 죽은 거야?"

피로 목욕을 한 듯이 유릭의 몸은 질퍽거렸다. 성문 앞은 살점과 피의 늪이었다.

"죽었어? 즈라킨?"

유릭은 칼로 쓰러진 전사를 쿡쿡 찔렀다. 대답은 없었다. 실이 끊어진 몸뚱이만 흐느적였다.

"평소에 운동을 열심히 했으면 나처럼 버텼겠지, 머저리들아."

유릭이 킥킥 웃었다. 그는 칼을 지팡이 삼아 엉거주춤하게

서 있었다.

하멜에 흩어진 제국군은 메뚜기 떼처럼 차례차례 몰려왔다. 성문 앞에서만 교전이 벌써 네 번이었다. 아직 황궁에 몰려갔던 제국의 주력은 성문까지 오지 않았다.

"호, 혼자다! 저놈이 유릭이야! 유릭이라고! 다 죽어가고 있어."

순찰대 몇 명이 움찔움찔하며 외쳤다. 죽은 줄 알았던 유릭이 살아 있었다. 그러나 지금 중요한 건 그게 아니었다. 유릭을 죽인 자에게 황제가 내릴 포상은 상상도 가지 않았다. 병사들의 눈동자가 탐욕으로 번들거렸다.

유릭은 숨만 쌕쌕거리며 병사들을 노려봤다.

"아야아, 남자는 허리가 생명인데 말이지."

유릭은 허리를 곧추세우다가 인상을 찌푸렸다. 말과 달리 표정은 심각했다. 식은땀이 줄줄 흘러내렸다.

유릭은 부상을 확인하려고 허리를 더듬었다. 허리 중심의 살과 근육이 손톱 마디만큼 쩍 벌어져서 뼈가 만져졌다.

뚝, 뚝.

유릭의 턱에서 흘러내린 피땀이 바닥에 떨어졌다.

"조언 하나 하지. 두려움을 이기는 용기로 그 기회를 잡아. 내가 바로 황제가 죽이고 싶어서 안달이 난 그 유릭이다. 싸게 팔 때 얼른 목을 가져가. 마지막 기회라고."

유릭이 한쪽 눈을 찡긋거렸다. 병사들은 오히려 바짝 얼어

붙어서 인상을 찌푸렸다.

"미, 미친놈!"

유릭의 귀가 쫑긋했다. 병사의 욕설에 귀를 기울인 건 아니었다.

"……너는 기회를 놓쳤어."

유릭이 손가락을 뻗었다. 유릭의 어깨 뒤에서 화살이 날아오더니 병사의 머리에 박혔다.

따각.

산양의 발굽소리가 들렸다.

피르가모의 산양전사를 이끄는 치카카는 오랫동안 연맹을 따라다녔다. 산양전사는 다른 연맹군과는 달랐다. 그들은 연맹의 소속이 아니라, 동등한 동맹의 형식으로 합류했다.

산양전사들은 가장 빨리 하멜의 성문까지 도착했다.

'성문이 열렸다.'

정말로 성문은 무방비했다. 처음의 계획 그대로였다. 성벽위에는 아무런 보초도 없었다.

끼이이익.

치카카는 성문으로 진입하며 활시위를 당겼다.

"유릭."

치카카가 활시위를 놓으며 유릭의 곁으로 달려갔다. 화살을 끝까지 보지 않아도 명중이라는 걸 알았다. 곧 병사의 비명이 들렸다.

'유릭의 상처가 깊어.'

치카카는 유릭의 붙잡아 뒤로 빼려고 했다.

척.

유릭이 치카카의 팔을 붙잡았다.

"아직은 아니야. 해가 뜨고 있어. 문명인의 시간이지."

유릭이 중얼거렸다. 피를 많이 흘린 탓인지 말의 의미가 명확하지 않았다. 생각이 정리되지 않고 둥둥 떠다녔다.

유릭은 몸만 지탱한 채로 성문 앞에 서 있었다. 앉으면 다시 일어서지 못할 것 같았다.

산양전사들이 가장 먼저 유릭의 곁을 스쳐 지나갔다. 그들은 활을 쏴서 다가오는 제국군들을 저지했다.

이어서 발이 빠른 전사들부터 하멜로 들어왔다.

"대족장 유릭!"

숨을 헐떡이는 전사들이 유릭의 등을 보며 고함을 쳤다. 그들은 살아 있는 유릭을 보곤 선조의 가호와 하늘의 축복을 느꼈다.

"살아 있을 줄 알았소! 유릭! 아무럼, 대지의 아들이 쓰러질 리가 없지!"

전사들이 유릭에게 뭐라 외치며 앞으로 나아갔다. 그들은 성문 안쪽에서 몰려오는 제국군과 싸웠다.

기이잉.

유릭은 여전히 서 있는 채로 전사들이 지나가는 걸 바라봤다. 전사들의 목소리가 잔상처럼 흐릿했다.

새벽은 차갑다. 태양이 떠오른다. 유릭은 등 뒤로 닿는 햇살을 느꼈다.

'움직여야 돼.'

아직 전투는 끝나지 않았다. 얼마나 많은 군대가 하멜에 들어왔는지 종잡을 수가 없었다. 우위에 있더라도 실수 하나가 전멸로 이어진다.

"유릭, 일어설 수 있겠나?"

벨루아가 유릭을 부축하며 말했다. 유릭의 몸무게가 벨루아의 팔에 걸렸다.

예상 밖의 무게에 벨루아는 휘청거리다가 무릎을 바짝 세웠다.

'유릭의 상태가 심하게 안 좋군. 다리에 힘이 빠져서 몸도 지탱하지 못하고 있어.'

유릭은 벨루아의 도움을 받아 물을 마셨다. 물주머니 하나를 통째로 비워도 유릭이 흘린 피에 비하면 한참이나 부족했다.

"몇 명이나 온 거지? 우리 전사들의 규모는?"

유릭이 간신히 입을 뗐다. 벨루아가 움찔했다.

'감각이 완전 맛이 갔군.'

유릭은 물속 깊이 잠긴 듯했다. 모든 소리가 먹먹하게 멀게 들렸다. 팔다리는 무게가 없는 것처럼 흐릿했다.

"전부 올 거다. 게오르크가 네가 살아 있다고 열변을 토하더군. 게오르크가 목숨을 걸며 말하지 않았으면 육손이 때문에 군대가 흩어졌을 거다."

"아직 제국군의 주력이 남아 있어. 약탈 때문에 병력이 흩어지게 않게 해."

유릭이 단어 하나하나를 짜내듯 말했다.

"유릭, 아직 죽지 마라. 전사들은 내 통제에 따르지 않아. 네가 일어서서 말해야 들을 거다."

벨루아와 유릭은 앞서가는 전사들을 바라봤다.

"전부 죽이고 불태워라아아아아! 대지의 아들이 승리의 길을 열었다!"

전사들의 사기는 굶주린 군대라고 믿기 힘들 정도로 높았다. 성문돌파는 무혈입성이나 다름없었다. 비록 삼백의 전사가 몰살당했지만, 군대 전체로 보자면 피해도 없이 성벽을 넘은 셈이었다.

"숨부터 돌려라, 유릭. 혹시 죽어서 전설이 되고 싶은 거냐? 그런 거라면 얼마든지 도와주지."

벨루아가 전사를 시켜서 말을 가져오게 했다. 유릭은 벨루아의 부축을 받아 말 위에 올라탔다.

벨루아는 붕대로 쓸 천을 꺼내서 유릭의 부상을 대충이나마 감아서 묶었다. 상처가 벌어지는 것과 출혈 정도는 막을 수 있었다.

"죽을 생각은 없어."

유릭의 대답이 한결 편안했다. 숨을 고르고 출혈을 막으니, 기력이 어느 정도 돌아왔다.

'연맹의 병력이 분산되고 있다.'

사기 높은 전사들은 방향성 없이 하멜 전체로 흩어졌다. 부족과 전사단 단위로 흩어진 군대들은 황궁으로 곧장 가지 않고 민가를 습격했다.

비명이 끊이지 않았다.

"문명세계의 심장이 야만의 도끼로 부서지는 날이로군."

연맹에 속한 문명인 용병들도 탄식을 터트렸다. 그들은 희열과 안타까움을 동시에 느꼈다.

"후우우."

유릭은 피가 섞인 숨을 내뱉으며 머리카락을 쓸어 넘겼다. 그가 말을 타고 전사들 사이를 이리저리 빠져나갔다.

"유우리이이익!!"

"전사 중의 전사! 우리의 대족장이여!"

사람들의 목을 베던 전사들이 유릭을 발견하고 함성을 내질렸다.

욱씬, 욱씬.

유릭은 허리가 끊어질 것만 같았다. 말이 들썩일 때마다 의식이 사라질 듯이 흔들렸다.

"형제들이여! 우리가 고작 약탈을 위해 여기까지 왔는가!"

유릭이 소리를 내질렀다. 약탈을 위해 문짝을 도끼로 찍던 전사들조차 유릭을 바라봤다.

"저 화려한 궁이 보이는가! 우리가 갈 곳은 저기다! 손가락질 하나만으로 우리의 땅을 침략했던 황제가 저기에 있다! 나와 함께 형제들의 복수를 할 사내들이 없는가? 다들 게걸스레 음식과 여자만 탐하는 짐승들뿐인가!"

전사들이 움찔하며 모여들었다. 유릭은 악착같이 군대를 수습해 진군방향을 바꿨다.

'제국군의 주력은 황궁으로 다시 모여들고 있다. 거주지와 외성 방어를 포기했어.'

유릭은 눈을 가늘게 떴다. 식어가던 피가 다시 달아오르면서 통증이 사라졌다.

모든 전사들이 유릭의 휘하에 모인 건 아니었다. 제멋대로 이탈해 하멜을 약탈하느라 정신없는 무리도 많았다. 하지만 황궁을 공격할 만큼은 모였다.

하멜을 약탈하는 건 연맹군만이 아니었다. 지하에서 일어난 뱀교의 신도들이 들고 일어섰다. 황궁에 가까워질수록 부유한 주거지였는데, 뱀교는 주로 귀족과 부호들을 공격했다.

"저자는 내 동생을 팔아넘겼소! 단지 빚 몇 푼 때문에 말이오!"

"그, 그건 자네가 도박으로 큰 빚을 졌지 않는가! 동생을 판 건 자네네!"

"닥쳐!"

뱀교의 신자들은 주거지들을 샅샅이 뒤져서 귀족과 부호들을 질질 끌고 나와 심판했다. 하멜은 신분과 계급조차 흐려질 정도로 혼란스러웠다. 질서가 작동하지 않았다.

유릭은 황궁까지 이어지는 대로를 따라 전사들을 이끌고 움직였다. 그는 눈동자를 굴리며 뱀교 무리를 흘겨봤다.

"세계가 점지한 종말의 짐승이여! 당신은 예언을 실행했소!"

유릭의 앞길을 뱀교의 무리가 막아섰다. 인도자 루드밀과 뱀교의 사제들이었다.

"인도자 루드밀."

유릭은 뱀교를 이끄는 루드밀을 바라봤다. 루드밀이 한쪽 무릎을 살짝 숙이며 유릭에게 경외를 표했다.

"저들은 우리의 심판을 받을 거요! 귀족과 부자들이 세상을 고통스럽게 만들었소! 우리의 것을 빼앗아 자신의 향락을 누렸지. 우리가 만들 세상에 저들의 자리는 없소!"

루드밀이 크게 흥분했다. 침이 바닥에 튈 정도였다.

"내가 보기엔 그냥 분풀이를 하는 것 같군. 트리키가 저렇게 사람을 끌어내서 모욕하고 죽이라고 하던가?"

유릭은 눈을 감았다가 떴다. 고함을 지르며 웃는 뱀교의 신자들이 보였다. 그들은 귀족의 피를 보며 기뻐했다. 마치 야만인 같았다.

루드밀은 유릭의 말을 제대로 듣지도 않았다. 그저 어린아이처럼 흥분하며 미래에 대해 떠들었다.

"당신들이 떠나면 우리가 새로운 세계를 만들 거요! 당신이 예언에 따라 파괴를 수행했으니, 우리가 새로운 세계를 짊어지겠소!"

유릭은 뱀교의 신자들이 벌이는 학살극을 흘겨봤다. 뱀교의 신자들은 장대에 귀족의 목을 걸어 들고 다녔다.

하층민이었던 뱀교의 신자들은 증오와 분노를 분출해야 했다. 평생 억눌리면 살아온 그들의 마음에는 증오가 가득했다. 그 증오는 뱀교라는 이름으로 바깥으로 튀어나왔다.

"가시오! 종말의 짐승이여! 구세계를 상징하는 저 황궁을 무너뜨리시오!"

루드밀이 손가락질하며 소리를 내질렀다. 핏발이 선 눈동자는 피를 실컷 마시고도 만족을 몰랐다.

유릭은 루드밀의 얼굴을 빤히 바라봤다. 저자는 세계의 의지니 뭐니 하며는 얼마나 많은 피를 흘릴까?

"루드밀, 나는 신을 여러 번 보았어. 내가 의지가 흔들리면 어디선가 나타나 나를 도와줬지."

루드밀이 눈을 동그랗게 떴다. 그가 팔을 크게 벌렸다. 경건하고도 역사적인 순간 한가운데에 선 기분이었다.

"당신은 진정으로 세계의 선택받은 자요!"

"하지만 돌이켜 보면 그건 신이 아니야……. 그저 내 선택의 그림자다. 나약했던 내가 신을 불러온 것뿐. 내 선택과 판단이 옳다고 스스로도 확신하지 못했기에…… 신이 거들어주길 바랐던 거지."

"아아, 아?"

루드밀이 당황하며 유릭을 올려다봤다. 유릭은 도끼를 높이 들었다.

"너도 마찬가지다. 신앙을 증오의 수단으로 삼고 있을 뿐."

육체는 지쳤다. 그러나 사람의 머리를 쪼갤 힘은 남아 있었다.

콰직!

유릭의 도끼가 루드밀의 머리를 반으로 갈랐다. 핏물이 좌우로 피숫피숫 쏟아졌다.

"신벌이다! 신벌이 인도자에게 내렸다!"

지켜보던 뱀교의 사제들이 화들짝 놀라 소리를 질렀다. 그들은 유릭과 전사들을 피해 사방으로 도망쳤다.

"유릭, 도망가는 놈들을 죽일까?"

"잔챙이는 놔둬."

유릭은 루드밀의 머리에 박힌 도끼를 뽑았다. 그는 허리를 숙이다가 잠시 인상을 찌푸렸다.

제국군은 하멜이 무너지는데도 용케 지휘체계를 유지했다. 제국군의 병력들이 마지막 방어전을 위해 황궁으로 꾸역꾸역 모여들었다.

비명과 불꽃이 도시를 휘감았다. 밤이 끝나고 해가 떠도, 죽음의 그림자는 걷히지 않았다. 수천여 명의 전사들이 유릭을 따라 황궁까지 나아갔다.

따각.

유릭은 말고삐를 잡아당기며 고개를 들었다. 황궁의 입구가 닫히기 시작했다. 닫히는 문틈 사이로 기사들이 서 있었다. 아직 기사들은 저항을 포기하지 않았다.

"올가……."

올가의 시신이 황궁 입구에 걸려 있었다. 피투성이 몸뚱이는 멀쩡한 곳이 없었고, 발밑으로 떨어진 피는 바닥에 고여 있었다.

'아마도 너는 죽을 걸 알면서도 여기에 온 거겠지.'

올가는 임기응변에 강했다. 비록 유릭의 명령을 철저하게 지키진 않았으나, 자신의 생각과 판단을 믿고 행동으로 옮기는 전사였다. 누군가의 밑에서 움직이기보다 무리를 이끄는 사내였다.

'나는 그런 너를 믿었다. 훌륭히 해낼 줄 알았어.'

유릭은 전사들을 시켜서 올가의 시체를 밑으로 내렸다. 황궁의 성벽에서 병사들이 화살을 쏴댔지만 전사들은 요령껏 방패를 들어 올렸다.

전사들은 올가의 죽음에 경의를 표하며 그의 시체를 정중히 다뤘다.

형제들의 피로 쌓아 올린 승리였다. 무모하리만큼 용감한 전사들이 자신의 생명을 바쳤기에 하멜을 함락할 수 있었다.

황궁의 성벽과 문은 외성에 비하면 턱없이 약했다. 용병들이 지붕이 달린 공성추를 가져와 황궁의 문을 두들겼다.

쿵! 쿵!

황궁의 입구는 오래 버티지 못할 것이다. 공성전의 목적으로 만든 게 아니라 방범용이었다.

"유릭, 잠깐이라도 쉬어라. 안색이 안 좋아."

벨루아가 유릭의 곁에 섰다.

유릭은 고개를 꾸벅꾸벅 떨구다가 정신을 차렸다. 제대로 잠도 자지 못하고 하루가 넘게 싸웠다. 초인이라 불리는 유릭이라도 지쳐서 쓰러질 지경이었다.

"안 돼. 지금 쉬면 일어나지 못할 거다. 황제가 쓰러질 때까지 끝난 게 아니야."

유릭은 악착같이 버텼다. 의식의 끈을 놓지 않았다.

-때가 되었다.
-우리에게 와라.
-넌 충분히 했다.

약도 마시지 않았는데 헛것이 들렸다. 가슴이 서늘했다. 목소리를 따라 고개를 돌려봐도 아무것도 없었다.

'두려워해야 할 건 보이지 않는 존재들이 아니라, 약해진 내 마음이다.'

유릭은 고개를 흔들며 피가 나도록 혀를 깨물었다.

사기가 높은 용병들이 공성추를 다시 한번 당겼다가 앞으로 밀었다. 황궁을 함락하면 어마어마한 보물들을 가질 수 있다. 거기다 승기는 연맹군을 단단히 잡고 있었다.

"가자아아아아-!!"

"오우우우!"

용병들이 소리를 질렀다. 공성추에 부딪힌 문이 찌그러졌고, 그 파편이 튀었다.

"카아악!"

용병 한 명이 비명을 질렀다. 파편이 눈에 박혀서 피가 눈물처럼 흘러내렸다.

"비켜! 멍청아!"

다른 용병이 부상자를 끌어내며 자리를 메꿨다. 그들은 힘차게 소리를 지르며 공성추를 밀었다.

콰드득!

문이 부서지기 직전이었다.

끼이익.

걸쇠가 부서지면서 황궁의 문이 열렸다. 용병들은 회심의 미소를 지으며 미래를 생각했다. 부자가 되어 고향에 돌아가 떵떵거리는 미래였다.

쿵, 쿵.

가장 앞에 있던 용병이 낯선 냄새를 맡았다.

화아아아아!

문에서 불꽃이 일었다. 화염이 공성추와 용병들을 휘어 감았다. 공성추를 동여맨 소가죽도 제국의 불을 버티지 못했다.

"아, 아아아아아아!"

산 채로 온몸이 타는 고통은 상상도 못 할 정도로 끔찍하다. 공성추를 조작하던 용병들이 사방팔방으로 뛰쳐나오며 비명을 질렀다. 동료들이 불을 끄려고 해도 화염기름에 붙은 불은 좀처럼 꺼지지 않았다.

"저, 저게 뭐야!"

제국의 불을 처음 본 전사들이 눈을 동그랗게 떴다.

황궁을 공략하던 연맹군이 잠시 주춤거렸다. 입구가 불바다가 되어 좀처럼 다가가기 힘들었다.

"이때다! 입구를 다시 막아!"

제국군이 잽싸게 모래포대나 나무를 들고 와서 입구를 메웠다.

하멜의 마지막 저항은 처절할 정도로 거셌다. 성벽을 넘으려고 올라선 전사들은 날카로운 창날에 죽어 나갔다. 잘 훈련된 제국군은 어떻게든 자리를 지키며 연맹군이 더 이상 진격하지 못하게 막았다.

연맹군을 성문을 뚫으려고 발악했고, 제국군은 얼마 남지 않은 화염기름을 써가며 버티길 반복했다.

콰지직!

다시 한번 황궁의 입구가 무너졌다. 부족장들이 공을 다투듯 전사들을 재촉했다.

"지금이다! 들어가! 들어가!"

틈을 타서 전사들이 황궁 입구로 밀어닥쳤다. 제국의 강철기사들이 앞으로 나서며 전사들을 막아섰다.

강철기사들이 싸우는 동안 입구가 다시 막혔다. 지루할 정도로 공방이 반복되었다. 버티는 자와 뚫으려는 자의 소모전이었다.

연맹군이 틈을 만들면 제국군은 어떻게든 그 틈을 메꿔서 침입을 막았다.

하지만 뚫리는 건 시간 문제였다. 관망하던 포틀카나 군대도 하멜의 공략에 합류해 왕궁의 측면의 노렸다.

철벽같던 제국군의 사기도 떨어졌다. 기사들조차 무기를 놓고 이탈하기 시작했다.

'끝이군.'

유릭도 전사들도 그리 생각했다.

'유릭이 살아 있는 채로 전쟁이 끝난다.'

벨루아가 물끄러미 유릭을 쳐다봤다. 위대한 영웅이 눈앞에 있었다. 마음 편히 존경하고 싶은 전사였다. 하지만 장차 아들의 숙적이 될 사내였다.

'저 불세출의 영웅에게 어찌 복수한단 말인가……'

벨루아가 눈썹을 미묘하게 찌푸렸다.

벨루아의 생각을 읽었다는 듯이 유릭이 고개를 돌려서 벨루아를 쳐다봤다.

"벨루아, 걱정하지 않아도 된다. 다리에 감각이 없어."

유릭은 말을 탄 채로 자신의 허벅지를 꾹꾹 눌렀다. 어느 순간부터 허리가 아프지 않았다. 감각조차 사라졌다. 전사로서 끝이었다.

천년제국을 꿈꾸던 수도가 불타고 있었다. 파괴는 걷잡을 수 없을 만큼 번져갔다.

전쟁은 예로부터 사내의 일이었다. 여인들은 그저 전쟁의 승패를 기다리며 운명을 받아들일 수밖에 없었다.

삐걱.

다미아는 흔들의자에 앉아서 소란에 깨어난 아들을 달랬다. 그녀의 아들 살론은 혼자서 걸을 수 있는 나이였다. 자신의 의사를 표현할 정도로 컸다. 시간이란 이토록 빠른 것이었다.

남자가 전쟁터에서 뒹구는 동안 여인은 생명을 품고 키웠다. 전장에서 죽어간 생명만큼 아이들은 태어난다. 생명과 영혼의 순환은 태양교의 진리이기도 했다.

"살론, 언젠가 진짜 이름을 받을 날이 오겠지."

살론은 아명일 뿐이다. 조금만 더 크고 성격이 뚜렷해지면 그에 맞는 이름을 받을 터다.

'순탄한 삶은 아닐 거다.'

살론의 고난은 예정된 일이다. 살론의 출생은 비범하게 뒤틀려 있었다.

쿵!

바깥에서 소란이 일었다. 다미아가 잠시 눈을 감으며 살론을 안았다.

쿵, 쿵.

소리가 더 커졌다. 황궁마저 안전하지 않았다.

다미아는 바깥의 상황을 대충이나마 알았다. 제국의 몰락이 코앞까지 닥쳤다.

저벅, 저벅.

발자국이 들렸다.

다미아는 옷장을 열어서 그 안에 살론을 숨겼다.

"쉿, 무슨 일이 있어도 바깥을 보지 말렴."

살론은 아직도 잠에서 덜 깨어 고개만 끄덕였다. 그는 옷가지들 사이에 누워서 눈을 감았다.

'야만인?'

누가 올지는 알 수가 없다. 아무리 포를카나의 공주였던 다미아라도 야만인들이 들이닥친다면 무사할 거란 보장은 없었다.

'살론을 유릭에게 넘겨주지 않을 거야.'

살론을 야만인의 슬하에서 자라게 할 생각은 추호도 없었다.

"다미아 님, 계십니까?"

정중한 목소리였다. 다미아는 그제야 긴장을 풀곤 문 앞까지 걸어갔다.

"누구십니까?"

"제론입니다. 폐하의 명을 받고 왔습니다."

"아, 제론 경."

다미아도 아는 사람이었다. 단지 투구 때문에 목소리가 울려 파악이 힘들었다.

제론이 문은 열고 들어왔다. 갑옷과 무기에는 피가 묻어 있었다. 얼마나 처절한 전투였는지 알 만했다.

"제론 경, 전투는 어떻게 되어가고 있지요?"

"끝났습니다. 하멜은 야만인에게 짓밟힌 문명의 수도가 되겠지요. 저는 죽은 목숨이나 다름없습니다."

다미아가 뒷걸음질 쳤다. 제론의 말이 이상했다.

"제론 경, 폐하의 명령이 뭔가요?"

제론은 투구를 벗었다. 투구 안에 갇힌 공기가 모락모락 피어올랐다. 제론은 서늘한 눈동자로 다미아를 바라봤다.

"나는 네 발정 난 비명을 매일 밤 들었지. 잠을 이루지 못하는 날이 허다했다. 이 갈증은 싸구려 여자를 안아도 해소되지 않더군."

다미아가 꽃병을 꺼내 던졌다. 제론은 팔로 꽃병을 내치며 웃었다.

"이미 닳을 대로 닳은 몸이지 않나? 이제 와서 자존심이나 수치가 남아 있다는 건 아니겠지?"

제론이 벽을 쿵쿵 쳤다.

발소리가 여럿 들렸다. 제론과 뜻을 같이한 기사 두 명이 더 나타났다. 그들은 꿈에서조차 다미아를 그렸던 자들이었다. 제국의 멸망이 코앞에 온 지금은 지킬 명예도 없었다. 그들은 마지막 욕망을 배출하기 위해 다미아의 침소에 침입했다.

"벗어라. 포를카나의 창녀야. 황제를 대접하듯 해봐."

기사가 천박하게 웃었다. 그들은 칼끝으로 다미아의 치마를 들어 올렸다. 칼날이 다미아의 허벅지를 훑고 지나갔다.

"동생을 죽이려다가 황제에게 팔려왔다지?"

"숙부와 그런 사이였다는 소문은? 응? 사실이야? 역겹군."

기사들은 참아왔던 욕망을 마구잡이로 내뱉었다. 길거리의 여자를 대하듯 말은 험해졌다.

한때, 다미아는 남자들 위에 군림했다. 남자들은 다미아의 환심과 따스한 말 한마디를 듣기 위해서 살인조차 불사했다.

그러나 지금은 다미아가 약자였다. 야만적인 힘의 논리 속에서 여자가 남자를 앞서기란 한없이 힘든 일이었다.

꾸욱.

제론이 다미아의 양손을 붙잡으며 입을 맞추려고 했다. 그러나 다미아는 제론의 귀를 물어뜯었다.

"이, 이 빌어먹을 년이!"

귀가 반쯤 잘린 제론이 다미아의 뺨을 때렸다.

짝!

다미아는 뒤로 넘어지면서 물어뜯은 귀를 바닥에 뱉었다. 그녀는 입술에 흐르는 피를 닦으며 웃었다.

딸깍.

소란 속에서 옷장이 흔들렸다. 제론이 움찔했다.

"가시에 찔리는 게 무서워 꽃도 꺾지 못하나? 실망인걸."

다미아의 말을 들은 제론이 웃는지 우는지 모를 표정으로 어깨를 들썩였다. 자괴감이 드는 건 기사들도 마찬가지였다. 명예롭다 생각했던 자신들이 이토록 추한 짓을 하고 있었다. 힘도 없는 아녀자를 겁탈하려고 남자들이 모여 있었다.

기사들이 갑옷의 끈을 풀어 헤치며 다미아에게 다가갔다. 잘 단련된 사내 셋을 상대할 순 없다. 그러나 다미아는 끝까지 저항했다.

다미아는 사내의 혀를 깨물고 사타구니를 걷어차며 버텼다. 사내들의 폭력은 점차 거세졌다.

"벌써 지친 거야? 폐하의 성벽도 견디는 몸이잖아? 엉?"

기사가 다미아의 팔을 거세게 밀어붙이며 꺾었다. 연약한 팔이 부러졌다. 다미아는 새어 나오는 비명을 참았다. 온몸이 부들부들 떨렸다.

다미아는 기사의 폭력에 굴하지 않았다. 그게 더 기사들의 가학심을 자극했다.

"어디까지 버티나 보자고!"

"생에 마지막 불꽃을 함께 태우겠군."

황제는 다미아를 수년이나 가지고 놀았다. 보통의 여자라면 1년은커녕 며칠도 버티지 못했을 학대였다. 그녀는 굴복하는 게 싫었다. 그 상대가 운명이든 남자든 누구에게든.

폭력으로는 다미아를 꺾지 못한다. 그저 죽음에 이르게 할 뿐이었다.

기사들은 신음하지 않는 다미아를 바라봤다. 오기가 솟은 기사가 다미아의 배를 주먹으로 때렸다.

"컥, 끅!"

다미아가 거친 숨을 내뱉었다. 막혔던 그녀의 입이 열렸다. 기사의 움직임도 빨라졌다.

"빨리 끝내. 내 차례라고."

기사들은 다미아를 농락했다. 그러나 그들의 눈동자는 공포에 질려 있었다. 공포를 잊기 위해 다미아라는 쾌락을 탐했다.

"우린 전부 죽을 거야. 야만인들에게……."

기사들의 불안이 폭력을 낳았다. 그들은 인간의 밑바닥을 보여주듯 한 여자에게 잔혹한 폭력을 휘둘렀다. 다미아의 몸이 망가지는 건 아랑곳하지 않고 자신의 쾌락만 추구했다.

황궁은 공포와 혼란으로 무너졌다. 야만인들이 황궁을 짓밟는 건 시간문제였다. 전열을 지키던 병력조차 와해되었다.

또각, 또각.

발소리가 빨랐다. 누군가 빠른 걸음으로 대리석 복도를 걷고 있었다. 기사들은 핏발이 선 눈동자로 다미아를 탐하느라 그 소리를 듣지 못했다.

"울부짖어!"

제론이 다미아의 뺨을 세차게 때렸다. 턱뼈에서 이상한 소리가 났고, 다미아의 가지런한 앞니가 부러졌다.

다미아가 퉁퉁 부은 눈꺼풀을 간신히 떴다. 그녀는 열린 문을 바라봤다. 짐승처럼 헐떡이는 기사들 뒤에서 흐릿한 무언가가 보였다.

또각.

발소리가 멈췄다.

하멜의 질서는 무너졌다. 윤리도 도덕도 없다. 긍지 높은 자들조차 짐승으로 돌아갔다.

하지만 여전히 자색독수리를 걸치고 다니는 사내가 있었다.

그제야 기사들이 발소리를 듣고 뒤를 돌아봤다. 몰락을 앞둔 제국의 주인이 서 있었다.

"계속하지그래? 보기 좋은데?"

얀키누스가 눈을 가늘게 뜨며 웃었다.

기사들은 얼어붙었다. 기사 한 명의 심장에 칼이 박힐 때까지 그들은 반응하지 못했다. 알몸의 기사들은 어쩔 줄 몰라 했다. 모든 걸 내던졌는데도 여전히 황제의 후광에 몸이 저려왔다. 학습된 굴복이었다.

푹!

피가 튀었다. 알몸이었던 기사들은 황제의 검에 쓰러졌다. 얀키누스 역시 어지간한 기사만큼 검술을 단련한 몸이었다.

"……용서해 주시옵소서, 폐하."

가슴을 깊게 찔린 제론이 죽어가며 용서를 빌었다. 생명을 구걸하는 게 아니었다. 그저 용서를 바랄 뿐.

"제론 경, 이해한다. 모든 건 내 탓이지. 경의 나약함을 탓하지 않겠다."

얀키누스는 고개를 끄덕이며 기사의 숨통을 끊었다. 그는 칼에 묻은 피를 망토자락으로 닦으며 다미아를 바라봤다.

다미아의 팔은 부러져서 덜렁거렸고, 배에는 피멍이 들어 있었다. 얼굴은 퉁퉁 부어올라 흉했다. 그녀가 숨을 쉴 때마다 입에서 피거품이 끓었다.

"순순히 놈들의 요구에 응했다면 이 정도로 몸이 망가지진 않았을 텐데. 여전히 고집이 세구나."

얀키누스가 다미아를 안았다. 다미아는 뭐라 말하고 싶었지만 목소리가 나오지 않았다.

얀키누스는 다미아를 안은 채로 복도를 걸었다.

"폐하! 여기에 계셨군요!"

막 싸우다가 후퇴한 기사들이 얀키누스를 찾아왔다. 몇 남지 않은 충성스러운 자들이었다. 그들은 공포에 굴하지 않고 의무를 지켰다.

"남은 병력을 모아 도주로를 열겠습니다. 폐하의 몸만 건사하면 언제든 재기가 가능합니다. 아직 북부에 병력이 남아 있으니……."

얀키누스는 눈을 감았다가 떴다. 몰락은 서서히 다가오는가 싶더니 어느새 코앞에 있었다.

마음 같아서는 옥좌를 지키고 싶었다. 황제답게 적과 마주해 최후를 맞이하는 것도 나쁘지 않으리라 생각했다. 허나 그건 도피일 뿐이다. 포기하고 죽는 건 누구나 할 수 있다.

'……진정으로 어려운 건 끝까지 살아남아 위업을 달성하는 것.'

얀키누스가 턱짓을 했다. 기사들이 두 눈을 번들거리며 황제의 곁을 지켰다.

제국의 성립은 고작 오십여 년.

제국은 그야말로 기적이나 다름없는 업적이다. 1대 황제는 제국을 만들었으며, 2대 황제는 남과 북으로 제국령을 넓혔다.

'정복.'

얀키누스는 그 단어를 되새겼다. 그도 아무런 이득도 없이 서부를 개척하고 동대륙을 찾으려는 게 아니었다.

'제국은 정복으로 성립된다.'

백년도 되지 않은 거대한 제국이 유지되려면 끊임없는 정복이 필요했다. 외부의 적을 두고 부실한 내부를 단합해야 한다. 끊임없는 확장만이 제국의 안정을 가져온다.

'정복자의 혈통.'

선대 황제들은 위대했다. 두말할 것도 없는 영웅들이다.

'나는 그 밑에서 무얼 하고 있는 건가?'

그는 역사에 남는 황제가 돼야 했다. 위대한 할아버지와 아버지를 둔 대가는 무거웠다. 모두가 그에게 영웅의 자질을 요구했다. 두 발로 걸어 다닐 때부터 비범한 판단력과 영웅다운 기질을 시험받았다.

멋대로 이상을 그려놓고 얀키누스가 그에 맞지 않으면 다들 실망했다. 남들만큼 해서는 세상 사람들을 만족시키지 못했다. 살아남기 위해서라도 비범해지고 위대해져야 했다.

'태어나면서부터 모든 걸 가진 주제에 누굴 탓하겠는가?'

얀키누스는 웃었다.

야만인들이 황궁을 돌아다니며 황제를 찾아다녔다.

"저기다!"

황제를 발견한 문명인 용병들이 달려들었다. 얀키누스의 목에 걸린 보상은 대단했다.

"오오오오오!"

기사들이 얀키누스를 보호하기 위해 싸웠다. 그들의 갑옷은 피로 도색한 듯이 붉었다. 지금까지 살아남은 기사들은 정예 중의 정예였다.

"폐하, 이쪽으로."

얀키누스는 소수의 기사들과 함께 움직였다. 기사 중 한 명은 부상을 입은 다미아를 안고 있었다.

어느 나라든 궁에 비밀통로 하나둘 정도는 있는 법이다. 황궁도 별반 다르지 않았다. 황족을 위한 통로가 있었다. 황궁의 지하통로는 하멜 바깥까지 이어져 있다.

"다미아가 얼마 버티지 못할 것 같습니다."

기사가 다미아의 상태를 보며 말했다. 원래 몸이 많이 쇠약했던 터라 숨이 점차 약해졌다.

"갈 길이 멉니다, 폐하."

기사는 다미아를 두고 가길 권했다.

"여인 하나 데려가는 게 무슨 대수란 말인가?"

얀키누스가 다미아의 얼굴을 바라보며 손을 뺨에 가져가 댔다. 모르는 이가 본다면 무척이나 다정한 사이처럼 보였다.

'어째서 나를 끝까지 데려가는 거지?'

다미아가 희미하게 눈을 떴다. 얀키누스의 행동이 이해가지 않았다.

'애초에 날 찾아온 것부터가 이상해.'

하멜이 무너지고 있었다. 그런 급박한 상황에 얀키누스는 다미아를 굳이 찾아왔다. 그것만으로도 모조리서 반송장이 나 다름없는 다미아를 꿋꿋이 데려왔다.

다미아가 얀키누스의 얼굴을 빤히 바라봤다.

'그 대단한 세상의 주인이…….'

소리를 내어 크게 웃고 싶었다. 그러나 목구멍이 핏덩이로 막힌 듯했다. 그녀의 가슴이 들썩이며 피가 섞인 기침이 나왔다.

'……내게 애착을 가지고 있는 건가?'

다미아는 기사에게 업힌 채로 주변을 둘러봤다. 그녀도 왕족이었기에 비밀통로로 가고 있다는 것쯤은 알았다.

'난 오늘 밤을 넘기지 못하겠지.'

다미아가 입술을 달싹였다. 기사들이 옷자락으로 그녀의 몸을 덮었는데도 추위가 가시지 않았다. 부러진 갈비뼈가 몸속을 돌아다니는 듯했다.

딱.

다미아가 진주목걸이를 매만졌다. 파들파들 떨리는 손으로 진주를 한 알씩 떨어뜨렸다. 모퉁이를 돌 때마다 진주가 바닥에 떨어졌다. 갑옷의 소음 때문에 진주가 떨어지는 소리가 묻혔다.

"폐하."

기사가 얀키누스의 지시를 기다렸다. 여기서부터는 얀키누스만이 아는 길이었다.

드르륵.

얀키누스가 석벽을 가리켰다. 기사들이 힘을 주며 석벽을 밀었다. 벽이 빙글 돌면서 안쪽으로 들어가는 통로가 나왔다.

"놈들도 여긴 모를 겁니다."

기사들은 통로로 들어가며 숨을 골랐다. 그들은 미리 준비된 횃불을 꺼내서 불을 붙였다.

"잠시만 숨을 고른다."

지하통로를 절반 정도 지난 뒤에야 얀키누스는 휴식을 명했다. 기사들은 물론이고 얀키누스도 상당히 지쳐 있었다. 열 명 남짓한 기사 중 태반이 부상자였다.

"다미아는?"

얀키누스가 다미아를 업은 기사에게 물었다. 기사는 다미아를 눕히며 그녀의 상태를 살폈다.

'오늘을 넘기기 힘들겠군.'

기사가 고개를 저었다.

"그런가?"

얀키누스가 다미아의 곁에 오며 중얼거렸다. 그는 엉망이 된 다미아를 바라보다가 그녀가 쥐고 있는 목걸이를 발견했다.

포를카나의 특산품이기도 한 진주 목걸이였다.

'끊어져 있어?'

진주알의 절반이 없었다. 얀키누스가 불길한 감이 들어서 다미아를 빤히 쳐다봤다. 그녀의 턱을 세게 쥐며 으름장을 놓았다.

"……무슨 짓을 한 거지?"

다미아가 퉁퉁 부은 눈꺼풀을 크게 떴다. 그녀가 각혈하며 웃었다.

팅, 팅.

진주알이 바닥에 차례대로 쏟아졌다. 다미아는 얀키누스의 얼굴을 응시했다.

"어리석은 사람……."

다미아가 중얼거리듯 말을 이었다.

"당신은 날 가지지 못해. 지금까지 그랬듯이."

그 말을 끝으로 다미아만 숨만 쌕쌕거렸다. 숨소리가 점차 가늘어졌다.

얀키누스는 두 손으로 자신의 얼굴을 쓸어내렸다.

'무의미하군.'

좋은 의미든 나쁜 의미든 함께하고 싶다고 생각했다. 하지만 그건 얀키누스의 일방적인 망상이었다. 함께한다는 건 상대의 동의도 있어야 한다. 힘으로 여자를 파괴할 수는 있어도,

마음마저 얻진 못한다.

"너도 참으로 애처로운 인생이구나, 얀키누스."

얀키누스가 칼을 들었다. 적어도 그녀의 죽음이라도 자신의 손으로 가져가려 했다.

"폐하, 죽었습니다."

기사가 다미아의 코에 귀를 가까이 대며 말했다. 그녀는 더이상 숨을 쉬지 않았다.

다미아는 얀키누스에게서 도망가듯 죽었다. 얀키누스가 미간을 찌푸리며 고개를 숙였다. 그가 칼을 집어넣곤 다미아의 시신을 흘겨봤다.

쿵, 쿵.

고요했던 지하통로가 울렸다. 웅성거리는 목소리가 벽을 타고 왔다.

"내 장난감이 마지막에 이르러서 내 발목을 잡는구나."

얀키누스가 지금까지 걸어왔던 방향을 바라봤다. 어둠 속에서 적들의 횃불이 일렁였다.

Chapter 4

　문명의 정점이었던 하멜은 한낱 야만인 군대의 손에 들어갔다. 약탈은 밤낮을 가리고 끊이지 않았으며, 문명인들은 두려움에 떨었다.

　전사들의 부축을 받은 유릭은 황제의 자리에 앉아 숨을 나직이 내뱉었다. 피부에 들러붙은 피는 영광의 흔적이었다.

　유릭은 옥좌에 등을 기대었다.

　"생각만큼 편하진 않군."

　유릭이 중얼거리자 연맹의 부족장들이 웃었다. 피비린내를 풍기는 사내들이 문명의 심장을 후벼팠다.

　"위대한 유릭, 당신은 모든 걸 해냈소."

　카르카르 부족장이 무릎을 꿇으며 경의를 표했다.

"……우리가 해낸 거지."

유릭은 눈을 감으며 쓰게 웃었다. 얼마나 많은 형제가 죽었던가? 볼드, 카타기, 올가……. 유릭과 함께 어깨를 맞댄 전사들은 죽음을 피하지 못했다.

'형제들의 죽음이 나를 지켰다.'

하늘은 그저 바라볼 뿐이다. 패배에 젖은 유릭을 일깨운 건 고트발의 훈계였고, 불꽃으로부터 유릭을 보호한 건 카타기의 육체였다.

"대족장 유릭."

"대지의 아들이여."

"유릭."

연맹의 주요인물들이 하나둘씩 황궁의 회관으로 들어왔다. 그들은 유릭에게 예를 표했다.

전투는 끝나가고 있었다. 남은 건 기껏해야 마지막까지 저항하는 소규모 병력이었다. 제국의 기사들은 줄줄이 끌려 나와 목이 달아났다. 피에 취한 전사들은 도를 넘는 살육을 벌였다. 황궁 어딜 가더라도 피와 시체를 흔히 볼 수 있었다.

'내가 부쉈다.'

유릭은 문명의 심장을 파괴했다. 찬란했던 문화의 중심이 비명을 질러댔다.

저벅, 저벅.

회관 안으로 누군가 들어오고 있었다.

유릭은 눈을 가늘게 떴다. 소식은 들었다. 전사들은 도망가던 황제 얀키누스를 잡았다. 기대 이상의 소득이었다.

"얀키누스."

유릭이 그 이름을 내뱉었다.

전사들이 얀키누스의 오금을 창대로 걸어찼다. 꼿꼿하게 서 있던 얀키누스는 유릭의 아래에 무릎을 꿇었다.

"네 승리를 축하한다, 유릭."

얀키누스는 고개를 들었다.

다미아가 떨어뜨린 진주알 때문에 황제가 잡혔을지도 모른다. 아니면 그저 운이 나빴을 수도 있다. 과정이야 어쨌든 중요한 건 황제가 연맹군의 손에 들어왔다는 것이다.

"이렇게 다시 만나서 유감이군."

유릭이 손가락으로 의자의 팔걸이를 툭툭 때렸다.

"정복에 성공했군. 역사에 네 이름을 남기겠어."

"나는…… 정복을 당하지 않기 위해서 정복을 한 거야."

유릭이 고개를 옆으로 기울였다. 그의 눈동자가 얀키누스의 좇았다.

"정복했으면 승리를 만끽해라, 유릭. 승자의 권한을 누리며 웃어. 내 살가죽을 벗기든 내장을 꺼내든 마음대로 해라."

유릭이 웃음을 터트렸다. 그는 젖은 수건으로 얼굴을 닦았다. 피가 덕지덕지 묻어 나왔다.

"난 널 죽이지 않을 거야, 얀키누스."

"자비라도 베풀 셈인가?"

"명예로운 죽음은 영웅의 권리지."

유릭이 두 눈을 크게 떴다. 샛노란 눈동자가 죽일 듯이 얀키누스를 노려봤다.

"얀키누스, 너는 재앙을 불러온 폭군에 불과하다. 스스로 손에 넣은 건 하나도 없는 주제에 거들먹거리며 정복이니 위업이니 떠들었지. 네 치기 어린 야망 때문에 내 형제들은 고통받으며 죽었다. 나는 내 손으로 문명의 도시들을 파괴해야 했지. 내가 널 존중해야 하는 까닭이 어디에 있단 말이지? 내 이름에 맹세컨대 너는 살아생전에 겪을 수 있는 모든 치욕은 다 당할 거다."

얀키누스의 표정이 굳었다. 그가 뻣뻣하게 주변을 둘러봤다.

야만인들이 키득키득 웃고 있었다. 유릭이 무슨 말을 하는지 알아먹지 못하더라도, 유릭의 말투가 조롱이라는 건 다들 알았다.

얀키누스가 생각했던 대접이 아니었다. 그는 세상의 주인이었고, 광활한 땅을 지배하던 황제였다.

저벽.

유릭은 전사들의 부축을 받아 일어섰다. 다른 전사들은 유릭이 부상 때문에 몸이 불편한 거라 생각했다. 지금까지 그랬듯이 유릭이 당당히 일어설 거라 믿어 의심치 않았다.

'우리의 대족장은 기적을 만드는 자다.'

연맹에서 유릭의 위상은 하늘을 꿰뚫을 정도였다. 사미칸의 아들 따위 문제도 아니었다. 사미칸이 살아 돌아오더라도 유릭의 지위는 흔들리지 않을 것이다.

철-썩!

유릭이 손을 들어서 얀키누스의 뺨을 후려쳤다. 얀키누스의 이가 피와 함께 바닥에 떨어졌다.

퍽!

몽둥이를 든 유릭은 얀키누스를 두들겨 팼다. 죽지 않을 정도로 힘조절을 했으나, 얀키누스는 새어 나오는 신음을 참지 못했다. 만인지상의 황제가 매를 맞는 노예처럼 몸을 웅크렸다.

"죽지 않을 정도로만 치료하고…… 내일 아침에는 벌거벗겨서 광장에 내걸어라."

유릭이 몽둥이를 내던지며 의자에 앉았다.

분노와 증오가 유릭을 사로잡았다. 뒤틀린 운명이 모두 얀키누스 때문인 것만 같았다. 저자 때문에 전쟁이 일어나 사람이 죽었다.

유릭은 문명인과 동포 중에 한쪽을 택해야만 했다. 만약 동포를 버렸다면 평생 그 죄책감에 시달렸을 것이고, 동포를 택한 유릭은 동경하던 문명을 불바다로 만들었다.

유릭은 수많은 사람을 보았다. 비록 칼을 맞대고 목숨을 노리던 적이라도 존중할 만한 자들이 있었다. 그런 자들에게는 영광과 자비를 베풀었다.

"난 널 증오한다, 얀키누스."

유릭이 쌓아온 울분과 증오가 얀키누스에게 꽂혔다.

얀키누스는 핏자국을 늘어뜨리며 끌려갔다. 그는 부어오른 눈동자로 유릭을 바라봤다. 찬란한 영광이 멀어지고 있었다.

세상은 뒤집어졌다. 사람들이 알고 있는 세상은 더 이상 없었다. 문명세계를 상징하며 질서를 만들던 제국은 무너졌다. 며칠도 되지 않아 모든 문명인이 제국의 몰락을 들을 터다.

앞으로 세상이 어떻게 변할지는 아무도 모른다. 지금까지 전례가 없었던 일이었다. 야만인의 군대가 문명세계의 정점을 차지했다.

향후 수십 년은 그 누구도 서부를 우습게 보지 못할 것이다. 그들이 보여준 저력은 제국을 무너뜨릴 정도였다. 서부를 넘보는 건 벌집을 두드리는 거나 마찬가지였다.

연맹의 서부인들은 환희에 가득 찬 함성을 내질렀다. 그들은 전쟁에서 승리했고 황제조차 손에 넣었다. 남은 건 승자의 권리를 누리는 것뿐이었다.

하지만 연맹 내에서도 승자의 기쁨을 누리지 못하는 자가 있었다.

육손이가 손톱을 깨물며 다리를 떨었다. 그는 천막 안에 홀로 있었다.

'아무도 오지 않았어.'

육손이는 연맹의 제사장 권한으로 주술사들을 소집했다. 그러나 소집에 응하는 주술사는 없었다.

'유릭이 살아 있다.'

끔찍한 소식이었다. 육손이는 이미 충분히 유릭과 대립각을 세웠다. 그것도 모자라서 유릭이 죽었다고 점괘를 내렸다.

유릭이 살아 있는 탓에 육손이의 권위는 한없이 밑바닥으로 치달았다. 용맹무쌍하게 하멜의 성문을 열어젖힌 영웅과 거짓 점괘를 내뱉은 주술사. 육손이의 편을 드는 세력도 이것만큼은 어찌할 도리가 없었다.

아직 유릭과 전사들은 하멜에 머물고 있었다. 내일이면 육손이와 유릭이 얼굴을 마주칠 것이다.

천막 바깥에서 인기척이 있었다. 육손이가 움찔했다.

"아무도 오지 않을 거요, 제사장 육손이."

주술사 한 명이 바깥에서 말했다.

"나는 모든 주술사들을 위해서 행동한 거다."

"그래서 우린 당신의 말이 거짓점괘라는 걸 알면서도 입을 다물었소. 하지만 당신은 실패했지. 책임은 혼자 짊어지시오. 우린 더 이상 당신을 지지하지 않을 거요."

주술사는 그 말을 끝으로 사라졌다. 육손이가 어깨를 들썩이며 웃었다.

'내가 주술사들의 이권을 위해 얼마나 노력했거늘.'

육손이의 세력은 아무런 도움도 되지 않았다.

비록 자신의 이득을 위해서였으나, 육손이 덕분에 주술사들은 연맹 내에서 세력을 얻었다. 그러나 육손이가 추락하자마자 주술사들은 가차 없이 등을 돌렸다. 애초에 상호이득 때문에 붙어 있던 관계였다.

육손이는 발발 떨었다. 유릭이 두려웠고, 벨루아의 경고가 무서웠다. 그들이 돌아오면 육손이는 끔찍한 꼴을 당할 터다.

"어째서 내가……."

육손이가 약가루를 태운 젖술을 벌컥벌컥 마셨다.

"나는 살기 위해 최선을 다했을 뿐이다."

그의 말을 들어주는 사람은 없었다.

'이 빌어먹을 여섯 손가락.'

기형으로 태어나는 순간부터 운명을 정해졌다. 그는 결코 전사가 될 수 없었다.

사미칸 밑에서 육손이는 하늘을 속이며 살아왔다. 반항적인 주술사들은 차례대로 목숨을 잃었고, 육손이만이 사미칸의 뜻대로 점괘를 조작했기에 푸른안개의 제사장 자리까지 올랐다.

'평생 하늘을 속였거늘, 지금까지 아무런 징조도 없다가 이제 와서 내게 벌을 내리는 거요?'

육손이는 하늘을 원망했다. 불합리한 운명을 준 하늘이었다.

'사미칸의 명령에 따라 당신의 뜻을 거스를 때는 아무런 벌도 내리지 않았으면서……'

너무나 억울했다. 억울해서 눈물이 나올 지경이었다.

사미칸 때문에 점괘를 수없이 조작했다. 매번 사미칸의 이득대로 점괘를 내뱉었다. 사미칸과 육손이는 하늘의 벌을 받기는커녕 성공가도를 걸었다.

"딱 마지막 한 번이었소. 이번 한 번만 넘어가면 두 번 다신 이런 일이 없었을 거라 진심으로 맹세했소. 하늘이여, 모든 걸 아는 하늘이여, 어째서 내게……"

육손이는 무릎을 꿇었다. 향을 피우며 뭐라 웅얼거렸다.

'단 한 번만 내 소원을 들어주시오. 천지신명의 뜻으로 죽음의 그림자를 유릭에게 주시오.'

그는 가진 지식을 모두 동원했다. 연기가 천막에 자욱하게 퍼졌다.

육손이의 천막 바깥에서는 전사들을 망을 보고 있었다. 그들은 육손이를 지키는 듯했으나, 실상은 육손이가 도망가지 못하도록 감시하는 역할이었다.

"연기가 여기까지 날아오는군."

전사들이 기침을 하며 천막을 바라봤다.

"불이라도 나겠어. 가서 뭐라고 말을 해야지, 나 원."

"그러지 않는 게 좋을걸? 죽기 전에 저주라도 내리면 어쩌려고. 어쨌거나 육손이는 죽은 목숨이야. 오늘 밤만큼은 마음대로 하게 놔둬."

전사들은 육손이의 천막을 바라보며 떠들었다.

육손이는 유릭의 죽음을 거짓으로 고했다. 만약 유릭이 성문을 여는 게 하루만 더 늦었어도, 연맹군은 퇴각하고 없었을 것이다.

유릭을 탐탁지 않게 여기는 부족장들조차 육손이를 지켜주지 못한다. 육손이가 앞으로 어떻게 될지는 뻔했다.

"유릭에게 죽음을…… 그 누구라도 좋습니다. 내 선조든 땅의 정령이든……."

육손이는 간절히 바랐다. 자신의 청을 들어준다면 누구라도 좋았다.

철그렁.

육손이가 상자 안에 손을 집어넣었다. 무언가가 손아귀에

잡혔다.

'사미칸의 목숨을 한 번 살려준 부적.'

찌그러진 태양 목걸이가 육손이의 눈앞에서 흔들렸다. 사미칸 대신에 화살을 맞은 신묘한 목걸이였다.

육손이는 이 목걸이가 효험이 있다고 믿었다. 그래서 사미칸이 죽었을 때 따로 빼돌렸다.

"당신의 이름이 루라고 했소?"

육손이가 태양 목걸이를 감싸며 중얼거렸다. 태양신 루는 문명인의 신이었다.

'날 궁지에서 구해준다면 무엇이든 못 믿을까…….'

육손이의 눈동자가 서서히 흐릿해졌다. 초점을 잃은 채로 멍하니 어두운 구석을 바라봤다.

"네 가죽을 벗겨 버릴 것이다."

유릭의 목소리가 들렸다.

"우리가 살아 돌아오면 넌 죽여 달라고 내게 빌게 될 거다! 사미칸이 널 반기겠군!"

벨루아의 협박이 귀에 맴돌았다.

부르르르.

육손이가 몸을 떨며 실금했다. 누런 액체가 메마른 허벅지를 타고 떨어졌다.

'누구라도 좋으니 날 구해주시오.'

육손이는 몇 번이고 유릭의 죽음을 상상했다. 설사 연맹군이 패퇴하더라도 유릭이 죽길 바랐다.

'제발……. 내게 안식을 주시오. 내 두려움을 끝내달란 말이오.'

육손이는 허공에 팔을 뻗으며 허우적거렸다.

공포는 사라지기는커녕 더욱 커져갔다.

'하늘은 내 편을 들지 않았다.'

육손이는 배신감에 치를 떨었다. 하늘은 유릭의 편을 들었다. 천둥번개를 내려 유릭을 구해줬으며, 몇 번이고 유릭을 도왔다.

하늘의 도움 없이 유릭이 어찌 저런 업적을 해냈겠는가?

'유릭의 편을 지금까지 들었으면 한 번 정도는 내 편을 들었어야 하지 않소!'

하늘의 대답은 없었다. 육손이가 절규하며 땅바닥을 벅벅 긁었다. 기다란 손톱이 벗겨지며 피가 흘러나왔다.

"아, 아으아아아아."

육손이가 울먹였다. 피할 수 없는 죽음이 다가오고 있었다.

오늘 밤이 지나면 피비린내 나는 전사들이 육손이를 끌고 나와 심판할 터다.

어둠을 보고 있으면 유릭의 도끼가 날아오는 듯했다. 육손이는 아침이 두려웠다. 시간이 가는 게 무서웠다.

'……내 공포를 끝내주시오.'

육손이는 약초를 한 움큼 잡아서 향로에 집어넣었다. 연기가 더욱 많이 피어올랐다. 숨쉬기조차 괴로울 정도였다.

하멜이 함락되고 하루가 지났다.

유릭에겐 할 일이 많았다. 그러나 치료가 우선이었다.

"죽이지 않아. 물론 우리 대족장이 죽는다면 너도 죽겠지."

게오르크는 황실의 주치의를 붙잡아왔다. 도망가다가 붙잡힌 주치의는 부들부들 떨며 주변을 바라봤다.

'어쩌다 제국이……. 문명의 중심인 하멜이 야만인에게 점령을 당했는가…….'

황궁에는 야만인들이 경비를 서고 있었다.

포를카나-연맹군은 하멜 전체를 통제했다. 도시의 약탈은 멈췄으나, 황궁에서는 끊임없이 금은보화를 옮기고 있었다. 용병들의 수당을 주고도 돈이 남았다. 과장하자면 왕국조차 살 수 있는 돈이었다.

끼이익.

문이 열렸다. 원래는 황제의 침실이었다. 하지만 지금은 유릭의 방이다. 벽에는 유릭의 무기가 걸려 있었고, 갑옷걸이에는 잘 닦인 흉갑이 반짝였다.

쿠르러엉!

천둥이 치는 듯이 소리가 컸다. 주치의는 깜짝 놀라 주변을 둘러봤다.

소리의 정체는 유릭의 코골이였다. 며칠 밤을 새우다시피 하다 잠든 터라 피곤함이 숨소리에서부터 뚝뚝 묻어 나왔다.

"유릭, 일어나십쇼."

게오르크가 유릭의 어깨를 잡고 흔들었다.

키잉.

유릭은 반사적으로 베개 밑에 있는 단도를 잡았다. 단도가 게오르크의 목젖에 닿았다.

"제기랄, 너였냐? 방에 들어오는 것도 모를 정도로 깊게 잠들었군."

유릭은 머리를 절레절레 흔들었다. 평소라면 발소리만 듣고도 잠에서 깼을 터다.

"저게 환자란 말이오? 팔팔한데?"

주치의는 유릭의 반응속도를 보며 혀를 찼다. 야생에서 살아온 들짐승이나 다름없었다.

'저자가 새로이 세계의 정점에 선 사내란 말인가…….'

주치의 같은 전문기술을 가진 자들은 살았다. 시대가 바뀌고 죽는 건 언제나 통치자들이다. 지배자가 바뀌었다고 사회 구조가 하루아침에 바뀌진 않는다. 농부는 여전히 괭이를 들고 밭으로 나갈 것이고, 양치기는 변함없이 양을 끌고 언덕을 오른다.

쩌어억.

주치의는 피가 들러붙은 붕대를 풀었다. 유릭이 움찔움찔했다.

유릭의 허리에는 구멍이 나다시피 했다. 상처에는 빻은 약초를 덕지덕지 묻어 있었다.

"송곳이 달린 망치에 맞았어."

유릭이 엎드려 누운 채로 말했다.

"뼈가 부러지지 않은 게 다행입니다. 근육이 갑옷처럼 단단하군요."

주치의는 유릭의 허리근육을 훑어보며 감탄했다. 원래라면 허리가 부러졌을 텐데, 워낙 단련된 몸이라 이 정도 상처로 끝난 듯했다.

주치의가 진료를 하는 동안, 게오르크는 주변의 전사들을 물렸다.

"전부 나가."

전사들은 머뭇거리다가 유릭이 고개를 끄덕이자 바깥으로 나갔다.

'지금 유릭이 불구가 된 걸 안다면 어떤 일이 벌어질지 몰라. 아무리 유릭이 대단한 업적을 세웠지만……'

게오르크도 오랫동안 서부인들과 생활했다. 유릭은 영웅으로 남겠지만, 불구의 몸으로 대족장 지위를 계속 유지하진 못한다. 다음 대족장 자리를 두고 연맹이 분열할지도 모른다.

주치의가 진료하는 동안, 유릭과 게오르크는 부족어로 이야기를 했다.

"유릭, 불구가 된 걸 들키기 전에 차기 대족장을 확실히 정해둬야 합니다."

"누가 되더라도 반발이 있을걸?"

"그건 그렇죠. 벨루아에게 대족장을 넘기더라도 반발이 많을 겁니다."

"일이 수습될 때까지는 내가 대족장의 지위에 있어야 돼. 혹시라도 알아? 운이 좋으면 다시 일어설지도 모르지."

유릭이 엎드린 채로 웃었다.

상처를 살핀 주치의가 유릭을 바라봤다.

"앉아보시죠."

유릭은 주치의의 말에 따라 침대 위에 앉았다. 주치의가 유릭의 다리와 발바닥을 꾹꾹 눌렀다. 마지막에는 깃털로 발바닥을 간지럽혔다.

"감각이 없습니까?"

"없어."

주치의는 유릭과 게오르크의 눈치를 살폈다.

"일단 상처를 다시 꿰매고 약을 발랐습니다. 덧나서 열이 나면 다시 불러주십쇼."

주치의가 유릭의 허리에 붕대를 감으며 말했다.

게오르크는 주치의의 어깨에 손을 올렸다.

"유릭이 다시 걸을 수 있을까?"

"그건 루만이 알겠죠."

게오르크는 주치의에게 단단히 입단속을 시켜 내보냈다.

유릭이 일어났다는 소식에 부족장과 전사들이 유릭을 찾아왔다. 유릭을 자는 동안 보고할 일이 많았다. 전리품 분배부터 이런저런 다툼까지 유릭의 결정을 기다렸다.

벨루아가 다른 전사들을 밀치며 앞으로 나왔다.

"유릭, 육손이의 처벌을 결정해야 돼."

그 말을 들은 전사들이 손을 위로 치켜들며 고함을 질렀다.

"죽음을!"

"산 채로 가죽을 벗겨 버립시다!"

유릭을 숭배하는 전사들은 육손이를 증오했다. 자칫하면

대족장의 생존을 무시한 채로 퇴각할 뻔했다. 그들의 분노를 삭이려면 육손이를 몇 번이나 찢어 죽여도 부족했다.

"뭐, 죽일 필요까지 있을까?"

유릭이 어깨를 으쓱했다. 그 말에 다른 전사들이 눈을 크게 떴다.

"당연히 죽여야 합니다! 그냥 죽여서도 안 됩니다! 내장을 꺼내도 부족할 놈이죠."

벨루아도 전사들의 말에 동조하며 고개를 끄덕였다.

"다들 죽여야 한다고 생각하면 죽이자고. 당장 육손이를 끌고 와서 목을 베지."

유릭이 웃으면서 별거 아니라는 투로 대답했다. 이제 육손이는 그의 관심 밖이었다. 유릭은 자신의 권력을 잘 알았다. 그는 연맹의 유일무이한 지배자가 되었다. 육손이는 유릭에 비하면 아무것도 아니었다.

'지금이라면 공정하지 않은 이유로 누군가를 죽이더라도 내게 반대할 사람은 없다.'

완벽한 권력이 유릭의 손에 있었다. 유릭이 내뱉는 말은 불합리하더라도 현실이 된다.

'사실상 2인자인 벨루아조차 내가 원한다면 언제든 죽일 수 있지.'

유릭이 자신의 손바닥을 바라봤다. 지금만큼은 세상의 모든 것이 자신의 손아귀에 있었다.

'이게 얀키누스가 누리던 절대 권력인가……'

그러나 공허했다. 세상 사람들 모두가 바라던 부귀영화도 유릭에겐 아무런 의미가 없었다.

육손이의 처형은 황궁의 정원에서 할 예정이었다. 육손이를 데리러 간 전사들은 한참이 지나서도 돌아오지 않았다.

정원에서는 육손이의 죽음을 구경하러 모여든 전사로 가득했다. 행여나 진귀한 볼거리가 있을까 싶어서 모여든 전사들이었다.

제법 시간이 지나서야 육손이를 데리러 간 전사들이 돌아왔다.

"육손이는 스스로 목을 매고 죽었습니다."

전사들이 가져온 커다란 포대기를 열어젖혔다. 혀를 내민 채로 죽은 육손이의 시체가 있었다.

유릭이 멀뚱히 앉은 채로 육손이의 시체를 바라봤다. 육손이의 품에서 무언가가 짤랑이며 반짝였다

"그거 꺼내봐."

유릭은 전사를 시켜서 육손이의 품에 있는 걸 꺼냈다. 육손이가 가지고 있던 물건은 태양 목걸이였다.

'그만큼 두려웠던 거냐? 육손이.'

유릭은 찌그러진 태양 목걸이를 바라봤다. 그저 웃음만 나

왔다.

＊

포를카나는 하멜 점령 이후로 막대한 이권을 얻었다. 하멜
의 기술과 보물을 가졌으며, 포를카나와 가까운 제국령의 영
주들은 자진해서 포를카나의 봉신으로 들어올 터다.

포를카나는 강대국으로 부상하기 위한 조건을 모두 갖췄
다. 누구보다 기뻐해야 할 바르카는 한 여인의 시신을 보며 쓴
웃음을 지었다.

"누님."

바르카는 장작더미 위에 놓인 다미아의 시신을 바라봤다.

처참한 몰골이었다. 그녀가 죽기 전에 어떤 꼴을 당했는지
빤히 보였다.

바르카는 횃불을 들곤 머뭇거렸다. 누이는 애증 어린 상대
였다. 아무리 미워해도 이런 시절 함께했던 기억까지 사라지
진 않는다. 한때 바르카가 세상에서 가장 사랑했고 믿었던 여
인이었다.

'어째서 제게 칼을 들이민 겁니까?'

사이좋은 남매가 될 수 있었다. 웃으면서 어린 시절의 추억
을 공유하며 같이 늙어갔을 터다.

"돌이킬 수 없는 거지."

바르카가 중얼거렸다.

다미아가 바르카를 죽이려 했던 것은 사실이다. 바르카가 다미아를 황제의 노리개로 넘긴 것 또한 사실. 엇갈려 버린 길 끝에서 다미아는 죽었다.

바르카는 조용히 장작에 불을 붙였다. 그는 다미아의 시신이 전부 타오를 때까지 자리를 뜨지 않았다. 온갖 상념이 바르카의 뇌리를 스쳤다.

매캐한 연기가 바르카의 옷에 밸 무렵, 발소리가 여럿 들렸다.

"전하, 말씀하신 아이를 찾았습니다."

룽겔 공작이 저벅저벅 걸어왔다. 그 뒤로는 하녀들이 사내아이를 안고 있었다.

"다행이군."

바르카는 살론을 알아보곤 성큼성큼 다가왔다. 그는 살론을 들어 올리며 눈을 바라봤다.

"이 아이가 다미아 님의 아들입니까?"

"저번에 본 적이 있습니다. 제 조카이인 셈이죠."

살론은 잔뜩 겁을 먹었다. 그는 엄마를 찾아 눈동자를 굴려 봤지만 보이지 않았다.

"아비는 누구입니까? 설마 황제의?"

"그건 중요하지 않습니다. 이 아이가 누이의 아들이라는 게 중요하죠."

"만약 황제의 아이라면 제국의 정통성을 주장할 수 있습니다. 포를카나가 제국의 땅을 흡수할 수도 있죠!"

룽겔 공작이 흥분해서 외쳤다. 포를카나 왕국은 이번 전쟁으로 강대국의 반열에 올라섰다. 어쩌면 제국을 무너뜨리고 그 지위를 이을지도 모른다.

"황제의 사생아가 제국에 한둘이겠습니까? 허튼소리 마시죠."

"허튼소리가 아닙니다. 포를카나의 후원을 받을 수 있는 황제의 사생아는 하나뿐이지요."

룽겔 공작은 포를카나의 부흥을 꿈꿨다. 지금이라면 포를카나가 제국처럼 강해질 수 있는 시기였다.

"이 아이는 포를카나에서 자랄 겁니다. 괜한 소문이 나지 않도록 하십쇼, 룽겔 공작."

바르카가 삿대질까지 하며 룽겔 공작의 가슴을 눌렀다. 룽겔 공작은 눈을 가늘게 떴다.

"전하께서는 지금까지 저와 종종 대립하곤 했습니다. 하지만 전하께서 포를카나를 제국처럼 강대국으로 만들 생각이라면, 저는 진심으로 충성을 다하겠습니다. 제가 가진 모든 권력을 동원해서라도 전하의 든든한 배경이 될 겁니다."

바르카는 물끄러미 룽겔 공작을 바라봤다.

포를카나 역사상 다시 오지 않을 기회일지도 모른다. 소왕국에 불과했던 포를카나가 제국을 무너뜨린 한 축이 되었다.

"……때가 되면 그러하겠지요."

완전한 긍정도 부정도 아닌 말이었다. 바르카는 살론을 바라봤다.

'유력의 아이.'

룽겔 공작을 알아보지 못했지만, 유력과 안면이 많은 사람이라면 한 번쯤 의심할 만했다.

저벅, 저벅.

다미아의 장례를 마친 바르카는 살론을 데리고 유력의 처소로 향했다. 문명의 중심지인데도 상의를 입지 않은 야만인들이 무기를 어깨에 걸치고 오가고 있었다. 굉장히 이질적인 풍경이었다.

꾸벅.

전사들이 바르카를 알아보곤 인사를 했다. 연맹에도 많은 변화가 있었다. 문명사회와 왕의 위치를 알게 된 전사들은 바르카에게 예를 표했다. 바르카가 유력과 동등한 지위라는 걸 알기 때문이었다.

'세상과 사람들이 변하고 있다.'

전쟁은 급격한 변화를 가져왔다. 오래된 가치관은 하루가 멀다 하고 바뀌었다. 새로운 가치관에 적응하지 못하면 도태될 뿐이다.

'혼란 속에서 그저 내 판단이 옳았길 빌며 나아갈 수밖에.'

유릭의 처소는 전사들이 지키고 있었다. 바르카를 알아본 전사들이 문을 열었다.

바르카는 유릭의 처소에 들어가자마자 눈을 동그랗게 떴다.

"유릭, 도대체 뭐 하는 거야?"

유릭은 천장에 매달려서 한 손으로 턱걸이를 하고 있었다. 건장한 근육에 맺힌 땀이 바닥에 뚝뚝 떨어졌다. 그는 그 심한 부상을 입고도 단련을 게을리하지 않았다.

바르카가 어처구니가 없어서 말을 잇지 못했다. 유릭이 몸을 움직일 수 있다는 게 신기할 따름이었다.

"침대에만 누워 있으니 몸이 쑤셔서 말이지."

유릭은 손을 바꿔가며 턱걸이를 반복했다. 오로지 상체의 힘만으로 거구를 쉽게 끌어 올렸다.

단련을 마친 유릭은 땅바닥에 털썩 떨어졌다. 그는 목발을 짚으며 일어서더니 의자에 앉았다.

바르카는 굳이 유릭의 상태를 묻지 않았다.

"그 아이는?"

유릭이 바르카의 손을 잡고 있는 사내아이를 바라봤다. 어쩐지 낯익다는 느낌이 들었다.

"누이의 아들."

"다미아?"

유릭도 다미아가 죽었다는 소식은 들었다. 벌다른 감흥은 없었다. '예쁘고 못된 여자가 죽었구나'라는 생각만 들었다.

"다미아 말고 내게 누이가 있겠어?"

유릭이 뚫어져라 살론을 바라봤다.

살론은 겁을 먹었는지 바르카 뒤에 숨었다. 엄마가 보고 싶은지 눈물이 그렁그렁했다.

"농담이지?"

유릭이 땀을 닦으며 손사래를 쳤다.

"난 아무런 말도 안 했어. 이래서 피붙이란 무섭군."

바르카가 옅게 웃었다. 유릭은 공포에 질린 얼굴로 살론을 바라봤다.

"딱 하룻밤이었어. 그런데……."

"팔팔하네."

바르카가 유릭의 어깨를 툭툭 치며 일어섰다. 그는 바깥에 있는 하녀에게 살론을 맡기곤 유릭과 단둘이 마주 앉았다.

"정말로 내 아이로군."

"처음 보는 순간부터 네 아들이라는 걸 알았지."

"언제부터 알고 있었던 거야?"

"서부와 동맹을 맺기 전부터."

"잘도 숨기고 있었군, 이 음흉한 놈. 왕이 되더니 능구렁이가 다 됐어. 도적한테 엉덩이 내보이던 시절이 엊그제 같은

데⋯⋯."

유릭이 흥분인지 불안인지 모를 태도로 말했다. 갑작스러운 소식이었다.

"네게 말하지 않을까도 생각했는데, 그래도 아들이 있다는 건 알아야 하지 않겠어?"

"난 지금 자식을 키울 형편이 안 돼. 지금 내 아들이 있다는 걸 연맹의 부족장들이 안다면 오히려 혼란만 커질 거다."

"내가 키울 거다. 걱정 마. 저 아이는 왕족의 대우를 받으며 클 거야. 내가 아들을 낳지 못하면 후계자가 될 수도 있겠지."

유릭은 쓰게 웃었다. 예전에 게오르크에게 들었던 말이 생각났다.

'게오르크의 말대로 난 좋은 아버지가 될 수 없군.'

아들이 있다는 소식이 당혹스러웠다. 기쁨보다도 장애물이라는 생각이 먼저 들었다. 그런 생각을 하는 자신이 한심했다.

무수히 많은 씨를 뿌리고 다녔기에 유릭이 모르는 자식은 얼마든지 있을 터다. 그러나 아버지가 될 준비는 해본 적도 없었다.

"유릭, 그보다 앞으로 어떡할 생각이지? 비록 하멜까지 정복은 했지만 제국령을 통치할 순 없을 거다. 네 군대는 최강일지 몰라도, 제국령을 통치하기에 연맹은 작은 조직에 불과해."

제국이란 존재는 문명세계 관료제의 정점이었다. 막 부족체

제에서 벗어나기 시작한 연맹군이 제국을 온전히 이어받진 못한다. 그건 포를카나도 마찬가지였다.

'제국은 옛 공국과 왕국 단위로 쪼개지겠지.'

역사적 지식이 있으면 누구나 할 수 있는 뻔한 예상이었다. 제1대 황제가 벌인 대통합 이전의 상태로 돌아갈 터다.

"거기까지 생각해 본 적이 없어. 일단은 군대를 이끌고 돌아갈까 해. 적어도 처음 목적은 이뤘지. 이제 내 고향은 안전해. 그 누구도 내 형제와 동포를 노예로 삼지 못하겠지."

유릭은 홀가분했다. 그는 자신의 사명을 완수했다.

바르카는 유릭의 표정을 바라봤다. 항상 무거웠던 유릭의 얼굴이 몇 년은 젊어진 듯했다.

"유릭, 넌 네 사명을 수행했지만 나는 이제부터 시작이야. 전쟁 이전에 먼 바다로 나가는 데 성공했어. 무인도에 항구를 만들어 개척하고 있지. 비취조각상을 만들 정도로 발달한 문명과 교류를 시작한다면 하늘산맥 횡단은 장난일 정도로 많은 변화가 올 거야. 어쩌면 앞으로 강대국의 조건은 얼마나 많은 땅을 지배하느냐가 아니라 동대륙과 교류하는 바다를 차지하느냐로 갈리겠지. 물론 내 생각일 뿐이지만."

유릭의 동공이 떨렸다. 멈춘 줄 알았던 심장의 고동이 들렸다.

"넌 똑똑하니까 해낼 거야."

유릭은 그 말밖에 하지 못했다.

바르카도 할 말을 끝내곤 자리에서 일어섰다. 그는 문을 열고 나가기 직전에 외쳤다.

"포를카나에는 모험을 좋아하는 어느 무모한 야만인을 위한 자리가 항상 있을 거야."

유릭은 대답하지 않고 웃었다.

Chapter 5

　세상에서 가장 높은 자리에 있던 사내는 하루아침에 밑바닥까지 추락했다. 차라리 길거리의 비렁뱅이가 되는 게 더 나은 삶일 터다.

　얀키누스는 알몸으로 질질 끌려다녔다. 목에는 쇠사슬을 찬 채로 매일 하멜의 광장을 기어 다녔다.

　처음에는 머뭇거리던 사람들도 황제의 추락을 보기 위해 얼굴을 내밀었다. 이틀이 지나고 나서는 조롱하는 사람까지 생겼다.

　"폐하……."

　"폐하는 무슨. 하멜을 말아먹은 장본인이지."

　약탈은 멈췄으나 하멜이란 도시는 몰락하고 말았다. 하멜이

축적한 모든 재산이 포를카나-연맹군의 손에 들어갔다.

"쿨럭."

얀키누스가 목이 막혀서 기침을 했다. 그의 팔다리는 바닥에 긁혀서 상처투성이였다.

"빨리 따라와라."

얀키누스의 목줄을 잡은 전사가 성난 목소리로 말했다. 말은 통하지 않아도 뜻은 알아먹었다.

'이것이 내 인생의 결말인가.'

얀키누스는 눈동자를 굴리며 주변을 바라봤다. 경멸 어린 눈초리와 동정이 뒤섞여 있었다.

'내가 누굴 탓하겠는가?'

얀키누스가 네 발로 엉금엉금 기었다. 가축이나 다름없는 행동이었다. 가장 고귀한 존재가 노예만도 못한 짓을 하고 있었다.

하멜의 시민 중 일부는 얀키누스를 보면서 추락의 쾌락을 느꼈다. 왠지 몰라도 그 잘난 황제가 저런 꼴이 된 게 묘하게 즐거웠다.

황제의 권위는 땅바닥에 떨어졌다. 기적이 일어나서 얀키누스가 하멜을 되찾을지라도 추락한 권위는 회복되지 않을 것이다.

"하, 하하하."

얀키누스가 벌러덩 누워서 웃었다. 전사들이 몽둥이를 들더니 얀키누스를 두들겨 팼다. 천하의 황제가 개처럼 두들겨 맞고 있었다.

차라리 전쟁 중에 죽었다면 이보다 나았을 것이다. 고고한 황제로 죽을 기회마저 놓쳤다.

하루 종일 광장을 기어 다니던 얀키누스는 날이 저물어서 야 감옥에 갇혔다. 팔꿈치와 무릎이 쓰려서 잠조차 제대로 잘 수 없었다.

매일 반복되는 굴욕이었다. 얀키누스는 사람들의 구경거리 가 되었다. 백성들은 점차 경외감을 잃고 얀키누스에게 썩은 과채를 던졌다. 강대한 힘을 가진 연맹군을 대항할 수 없으니, 자신들의 분노를 얀키누스에게 쏟아냈다.

고트발은 몰락한 하멜을 바라봤다. 누군가의 승리는 누군 가의 패배다. 유릭이 최고가 되었다면 다른 이들은 최고가 되 지 못했다는 뜻이다.

누가 승리하든 고트발은 쓴웃음을 지을 수밖에 없었다. 그 는 비록 유릭의 편을 들었지만, 제국의 몰락이 마냥 기쁘지만 은 않았다.

'결국 유릭은 승리했다.'

위대한 영웅이 탄생했다. 문명세계에선 악마일지라도, 유릭이 불세출의 영웅이라는 건 그 누구도 부정할 수 없을 터다.

'만신의 축복을 받은 자.'

뱀교의 말대로 시대의 선택을 받은 자일지도 모른다.

고트발은 지하감옥으로 향하는 계단을 뚜벅뚜벅 내려갔다. 지하감옥 입구를 막고 있던 전사들이 고트발을 알아보곤 문을 열었다.

끼이익.

지하는 어둡다. 고트발은 횃불을 들고 감옥을 살폈다.

"폐하."

고트발이 말을 건넸다. 어둠 속에 쭈그려 있던 얀키누스가 고개를 들었다.

"그대는 누구인가?"

"고트발입니다."

"그 외팔이 사제로군."

얀키누스도 고트발의 이름을 들은 적이 있었다. 태양사제이면서도 유릭의 측근인 사내. 하지만 덕망이 있는 자라고 소문이 자자했다. 심지어 포로로 붙잡혔다가 돌아온 기사들조차 고트발을 좋게 평했다.

"이거라도 좀 드시지요."

고트발이 품에서 빵과 포도주를 꺼냈다. 오늘 아침에 구운

빵인지라 아직도 고소한 냄새가 남아 있었다.

"고맙네."

얀키누스는 굳이 거절하지 않고 빵과 포도주를 허겁지겁 먹어치웠다.

"이렇게 돼서 유감입니다, 폐하."

"자네는 유릭의 편인데 어찌 내게 유감스럽다는 말을 하는가?"

얀키누스가 입가를 닦으며 웃었다.

"저는 누군가의 불행을 보는 걸 즐기지 않습니다."

"저 야만인들은 수많은 문명인을 불행에 빠뜨렸지. 자네는 그 군대의 소속이고 말이야. 저들이 루를 믿던가? 루를 믿지 않는 사람들을 위해 자네는 루의 아들과 딸들을 불행하게 만들었네. 적어도 한몫 거들긴 했지."

얀키누스가 고트발을 탓하듯 말했다.

"그럴 겁니다."

고트발은 부정하지 않았다. 얀키누스의 말은 사실이었다. 유릭의 존재가 재앙이라면 고트발 역시 재앙을 거든 사람이었다.

"제국이라는 질서를 잃은 세상은 도탄과 혼란에 빠지겠지. 더 많은 사람이 죽을 거네."

"맞습니다. 많은 사람이 죽겠지요."

"솔직해서 좋군."

얀키누스가 창살을 붙잡으며 얼굴을 내밀었다. 황제의 품격은 어디에도 없었다. 그저 상처 입고 지친 부랑자가 있을 뿐이었다.

고트발은 창살 앞에 털썩 주저앉았다.

"저는 문명인과 야만인, 모두에게 공정하게 대했다고 생각했습니다. 하지만 생각해 보면 유릭을 편애한 거죠. 저는 유릭이라는 야만인에게 애착을 가졌습니다. 제 힘으로 야만인을 올바른 길로 이끌 수 있으리라 오만한 생각을 한 거죠."

"사제들이란 루의 가르침으로 사람과 세상을 바꿀 수 있을 거라 착각하지. 하지만 세상을 바꾸는 건 사내들이 흘린 피와 잘 달궈진 쇳덩이네. 세상의 질서를 만든 건 루의 자비가 아니라 제국의 힘이지. 고트발, 자네는 질서가 사라진 세상을 잘 보게나."

얀키누스의 눈동자는 차가웠다. 어둠 속에서 푸르스름하게 빛나는 듯했다.

"폐하께서는 태어날 때부터 모든 걸 다 가졌을 겁니다. 루에게서 생명을 받았을 때부터 세상의 주인이라는 운명을 타고났지요. 원하는 건 모두 뜻대로 이뤄졌으며, 그 누구에게도 굴할 필요가 없었을 겁니다."

"호사가들은 그리 말하지. 그래서? 내가 부러운가?"

"인간으로 태어나 제왕의 삶이 부럽지 않다면 거짓말이겠지요. 세상의 모든 걸 다 가졌던 황제폐하…… 어째서 거기서 만족하지 못하고 세상을 도탄에 빠뜨리신 겁니까?"

얀키누스가 남은 포도주를 벌컥벌컥 마셨다.

"너희들은 나를 모른다. 너희들은 내가 모든 걸 가졌다고 말하지."

"그게 사실이니까요."

"난 아무것도 가진 게 없다. 제국도 세상도 내 아비와 할아버지가 물려준 것뿐. 그 무엇도 내가 가진 게 아니지. 태어나면서부터 주어진 것에 만족하며 살아가는 삶에 무슨 의미가 있다는 건가? 성직자 고트발, 자신의 손으로 무엇 하나 성취하지 못한 삶에 가치와 의미가 있는가?"

"가진 것조차 잃어버리는 것보단 낫겠지요."

고트발이 이맛살을 찌푸렸다. 얀키누스에게서는 광기와 야욕이 너울거렸다. 눅눅한 지하공기마저 달아오르는 느낌이었다.

"고트발, 가진 것에 만족하는 삶엔 의미가 없다네. 우리 인간은 그러려고 태어난 게 아니기 때문이지. 농부는 더 많은 농경지를, 상인은 금화를 원하지. 귀족들은 땅과 권력을, 왕들은 죽어서도 남을 불멸의 업적을……. 가진 것에 불만족하는 게 우리의 근원이네. 문명의 위대함은 우리의 탐욕에 있지."

고트발은 침묵했다.

'지극히 이기적인 발언이지만…….'

가슴 한구석에서는 저 말이 맞을지도 모른다는 생각이 들었다.

"유릭은 폐하를 미워하고 있습니다. 자신의 불행이 당신의 탓이라고 생각하지요."

"하, 세상을 얻은 사내가 불행하다고? 유릭은 불멸의 생명을 얻었지! 죽어서도 사람들은 유릭을 위대한 정복자로 기억할 거네."

"그래도 유릭은 불행한 사내입니다. 진정으로 자신이 원하는 삶을 살지 못했기 때문이죠. 그래서 폐하를 몹시도 증오합니다. 폐하를 보는 유릭의 눈에는 일말의 자비와 관용이 머물지 않지요. 황제의 지위가 조롱거리로 변할 즈음에는 유릭이 폐하의 가죽을 벗기고, 살점을 조금씩 잘라서 천천히 죽일 겁니다."

"좋은 구경거리가 되겠군."

고트발이 주머니에서 무언가를 꺼냈다. 조그마한 약병이었다.

"……폐하께 필요한 자비입니다."

얀키누스가 고트발이 내민 약병을 바라봤다. 액체가 출렁였다.

무엇인지는 빤히 보였다. 죽음보다 더한 고통을 겪기 전에 스스로 삶을 끝낼 수 있는 물건이었다.

또르르.

얀키누스는 약병의 내용물을 바닥에 부었다. 그는 웃으며 고트발을 바라봤다.

"고트발, 그대의 친절은 기억하겠네. 내가 먼저 루에게 간다면 꼭 자네의 이름을 말해두지. 나는 승자의 권리를 존중하네. ……유릭이 내게 끔찍한 최후를 선사하길 원한다면 기꺼이 받아들여야지."

고트발은 고개를 끄덕이며 일어섰다.

"저는 폐하의 어리석음을 기억하겠습니다."

"우리 인간은 늘 어리석지."

고트발은 계단을 올라갔다. 얀키누스의 웃음소리가 메아리치듯 뒤에서 맴돌았다.

바르카가 허겁지겁 유릭을 찾아왔다. 아직 새벽의 찬 공기가 남아 있었다.

"유릭, 나는 떠나야 돼."

유릭은 이른 아침부터 일어나서 책을 보고 있었다. 거구의 야만인이 손바닥만 한 책을 보고 있으니 영 그림이 살지 않았다.

"소식은 아까 들었어. 주변국이 움직인다면서?"

"군사행동이 심상치 않아. 군대가 돌아가지 않으면 포를카나가 공격당할 수도 있어."

"빈집털이는 항상 조심해야지. 내 전사들도 좀 보내줄까?"

"약속한 병력만 보내주면 돼. 아마 포를카나를 공격까진 하지 않을 거야. 무력시위를 하다가 협상하려고 들겠지."

유릭은 책을 덮으며 고개를 끄덕였다. 그가 읽고 있던 건 제국의 역사서였다.

"읽어보려고 했는데 아직도 모르는 글자가 많아서 이해가 잘 가진 않아. 역시 야만인은 야만인인 거지."

"문명인 중에도 글을 읽지 못하는 사람이 태반이야."

"고마웠다, 파헬."

유릭이 악수를 내밀었다. 바르카는 머뭇거리다가 손을 잡았다.

"고마워할 것도 없어. 나는 나와 왕국의 이득을 위해 움직인 거야. 네가 살아서 성문을 열었다는 소식을 듣고 나서도 연맹군이 하멜에 확실하게 진입할 때까지 기다렸다가 움직였어. 만약 하멜 진입에 실패했다면 우린 그대로 후퇴하려고 했지."

바르카는 솔직히 말했다. 포를카나 군대는 하멜 진입을 의도적으로 늦췄다.

"당연한 판단이다. 내가 네 입장이라도 그랬을 거야."

유릭과 바르카는 서로를 위해 목숨을 걸 수 없었다. 그들의 생명은 자신만의 것이 아니었다. 서 있는 자리가 달라지니 입장이 바뀌었다.

"루께 네 쾌유를 기도하지."

"잠깐만."

유릭이 나가는 바르카를 붙잡았다. 어쩐지 목소리가 미미하게 떨렸다.

"……살롱이라고 했나?"

바르카가 개울물처럼 맑은 웃음을 터뜨렸다. 푸른 눈동자가 느긋하게 유릭을 쳐다봤다.

"네 아들 이름도 벌써 까먹은 거야? 살론이야. 물론 나중에 제대로 된 이름을 지어줄 거야, 포를카나식으로. 제국도 서부도 아닌 포를카나의 아들이니까."

말을 건 유릭이 떨떠름했다. 바르카는 확고했다.

"너, 내가 살론을 데려가겠다고 해도 넘겨주지 않을 거지?"

"살론은 네 아들이지만, 포를카나의 왕족이기도 하지. 누이가 살아 있다면 네가 살론을 키우게 했을까? 유릭, 넌 훌륭한 전사이고, 멋진 친구이지만…… 좋은 아버지가 되진 못할 거야."

유릭이 쓰게 웃으며 손을 흔들었다.

"잘 가라."

아마 다시 만나지 못할지도 모른다. 유릭과 바르카는 자유의 몸이 아니었다.

바르카는 옅은 웃음으로 답했다. 그는 똑바로 걸어 나갔다. 살론을 안고 기다리는 하녀가 바르카를 마중했다.

제국이 무너졌지만 난세는 이제부터 시작이었다. 제국의 몰락을 바라본 문명인들은 서부를 쉽게 건드리지 않았다. 그들은 야만인들이 문명세계를 지배할 역량이 없다는 것도 알았다.

'기다리면 다시 문명인의 시대가 올 것이다.'

모두가 서부인들이 돌아가기만을 기다렸다.

한편, 왕국을 세우기 직전인 북부인들은 더 넓은 영토를 차지하려고 호시탐탐 남쪽을 노렸다. 북부의 제국군 잔당들은 주변 귀족들에게 흡수되었고, 힘이 센 변경백들은 스스로를 대공이라 칭하며 제국으로부터 독립을 선언했다.

제국은 이름만 남았으며 그들이 이룩한 관료체제는 송두리째 무너져 내렸다. 누군가는 문명의 퇴보라 말했고, 어떤 이들은 2보 전진을 위한 1보 후퇴라 열변했다.

포클카나 군대는 자신의 땅을 지키기 위해 떠났고, 연맹군은 충분한 휴식을 취하며 다음 계획을 짜고 있었다.

유릭은 목발을 짚고 정원으로 나갔다. 그가 다리를 질질 끌고 밖으로 나가자 전사들이 힐끗힐끗 쳐다보며 고개를 숙였다.

연맹의 전사들도 유릭의 상태가 심상치 않다는 걸 느꼈다. 유릭의 부상은 회복될 기미가 없었다. 매일 제국의 주치의가

왔다 가는데도 하반신을 제대로 쓰지 못했다.

'유릭이 영영 불구가 된다면?'

어마어마한 파장이었다.

아무리 위대한 전사라도 불구가 된다면 대족장 자리에 오래 있을 순 없다. 유릭이 회복하지 못하면 대족장 자리를 내놓아야 한다.

다음 대족장은 누가 될 것인가? 그 누구도 쉽게 예상하지 못했다.

"후우."

유릭이 거친 숨을 토해내며 정원 한가운데 섰다. 목발을 짚고 걷는 것만으로도 힘이 엄청 들었다.

부웅!

유릭이 한쪽 목발로 몸을 지탱하곤 무기를 휘둘렀다. 그런 유릭의 모습을 본 전사들은 경외감과 안타까움을 동시에 느꼈다.

'위대한 전사가 불구가 되었군.'

유릭은 아직 젊었다. 삼십도 되지 않은 나이에 불멸의 업적을 세웠다. 그가 멀쩡한 몸으로 살아서 얼마나 더 많은 일을 할 것인가? 수많은 전사가 그런 기대를 했었다.

'불구가 된 이상 끝이지.'

전사들은 유릭을 존경했으나, 뛰지도 못하는 전사를 믿고 따를 순 없었다.

부웅!

유릭은 무심하게 칼과 도끼를 번갈아 잡고 휘둘렀다. 땀이 뻘뻘 흘러내렸다.

끼익.

정원 구석에는 물이 고인 수반이 있었다. 유릭은 물을 마시려고 가까이 다가갔다.

'나무통?'

수반 옆에는 못 보던 나무통이 있었다. 체구가 작은 사람이 들어가기에 충분한 크기였다.

유릭은 빤히 나무통을 쳐다봤다. 안에서 미미한 기척이 느껴졌다.

"…너 뭐 하는 거냐?"

유릭이 나무통 뚜껑을 들어 올리며 말했다. 단도를 움켜쥔 바샤가 나무통 안에 있었다.

바샤는 유릭이 매일 같은 시간에 정원에서 무기를 휘두른다는 걸 알고 있었다. 쉴 때면 유릭은 수반에 있는 물을 마셨다. 매일같이 유릭의 행동을 관찰하던 바샤는 나무통에 숨어서 유릭을 기다렸었다.

바샤가 눈을 깜빡이며 유릭을 올려다봤다. 다른 방법도 많았지만 그녀는 굳이 나무통에 숨는 걸 택했다.

'정말로 유릭이 그 사내가 맞다면……'

바샤는 아직도 밤마다 마을이 불타는 꿈을 꿨다. 그녀는 야만인들의 손에 모든 걸 뺏겼다. 증오로 만든 괴물이 슬그머니 머리를 들었다.

모든 게 무너지는 혼돈 속에서 바샤는 빛을 보았다. 나무통에 숨어 벌벌 떠는 자신을 구해준 한 명의 야만인. 루의 사도라고밖에 말할 수 없는 사내.

'그자가 유릭일 리가 없어.'

바샤는 그날의 그림자를 똑똑히 기억하고 있었다.

"그 쪼그마한 칼로 날 죽이겠다고 벼르고 있었던 거야?"

유릭이 낄낄 웃었다. 태양을 등진 유릭의 모습은 어두웠다.

바샤의 입술이 파르르 떨렸다.

"이건 말도 안 돼……."

어렴풋이 알고 있었다. 하지만 인정할 수 없었다. 결코 인정해선 안 되는 일이다.

"말도 안 돼?"

유릭이 바샤의 반응을 보며 턱을 벅벅 긁었다.

"어째서, 어째서……. 내 모든 걸 빼앗아 간 사람이……."

바샤가 나무통에서 뛰쳐나오며 단도를 휘둘렀다. 아무리 유릭이 다리를 쓰지 못하더라도 바샤의 공격에 당할 사내는 아니었다.

유릭이 바샤의 팔을 붙잡아 장미넝쿨 사이로 내던졌다.

"고트발에게 돌아가라, 멍청한 년."

유릭이 이를 드러내며 으름장을 놓았다.

장미꽃잎이 흩날리면서 달달한 향이 풍겼다. 장미가시가 바샤의 피부를 긁은 탓에 여기저기 생채기가 생겼다.

"내게서 모든 걸 가져갔으면서……."

바샤가 일어섰다. 넝쿨에 팔다리가 얽힌 상태라서 가시에 긁힌 피부에서 피가 뚝뚝 떨어졌다. 그녀는 아랑곳하지 않고 유릭의 앞까지 걸어갔다.

"왜 내 목숨은 가져가지 않고 살린 거지?"

바샤는 유릭이 그 사내라고 확신했다. 고트발의 말은 거짓이 아니었다. 나무통 안에서 바라본 유릭의 모습은 그날의 그림자와 똑같았다.

유릭은 무덤덤한 표정으로 바샤를 내려다봤다.

"고트발에게 들은 거냐?"

"내 질문에 대답해! 왜 날 살린 거야! 차라리 그 자리에서 죽여 버리지! 왜 살린 거냐고!"

바샤가 악을 쓰며 소리를 내질렀다.

"그러게, 그냥 죽여 버렸으면 편했을 텐데 말이야."

유릭이 미적지근한 반응을 보였다. 바샤는 더욱 화가 나서 유릭에게 달려들었다.

철퍽!

유릭은 바샤의 머리를 잡고 흙바닥에 내던졌다. 몇 번을 해도 마찬가지였다. 유릭의 눈에 바샤의 움직임은 형편없었다.

"하하, 이런 머저리 같은 계집이라는 걸 그때 알았으면 죽게 놔뒀을 거다."

바샤의 얼굴이 새빨갛게 변했다. 유릭의 웃음을 듣자마자 머릿속에서 무언가가 끊어지는 듯했다.

"죽어! 죽으라고!"

바샤가 다시 유릭에게 달려들었다. 단도를 휙휙 휘둘러 봐도 유릭의 몸에 닿지 않았다.

"바샤, 사람을 죽이는 데는 항상 이유가 필요하지. 증오, 원한, 보복, 응징 같은 이유들이 있어야 돼. 뭐, 재미 삼아 사람을 죽이기도 하지만 대부분은 별다른 이유 없이 누군가를 죽이진 않아."

"내 가족들이 너희들에게 무슨 짓을 했다고! 우린…… 그저 그 땅에 살고 있었어! 너희들에게 죽을 이유가 없었단 말이야!"

"우리에겐 그 마을을 약탈해야 하는 이유가 있었지. 단지 그뿐이다. 분명 너희 가족에겐 아무런 잘못이 없었지만, 우리 역시 무슨 잘못을 해서 제국군의 침략을 받은 건 아니었지."

"닥쳐!"

바샤의 단도가 유릭의 목젖을 노렸다. 유릭은 노련하게 고개를 젖히더니, 바샤의 팔을 잡아 내던졌다.

몇 번이고 땅바닥에 처박힌 바샤의 몸뚱이는 엉망이었다. 뼈에서는 뭔가가 어긋나는 소리가 났다.

"하지만 사람을 살리는 데 반드시 이유가 있어야 하진 않아. 내가 널 살려둔 것도 마찬가지다. 내가 그러고 싶었기 때문이지. 지금까지 네가 살아 있는 것도, 내가 살린 목숨을 다시 거두는 게 꺼림칙해서일 뿐. 네가 예뻐서 살려두는 게 아니야."

유릭이 바샤의 단도를 붙잡았다. 칼날 부분을 잡았는데도 피가 새어 나오지 않았다. 단도의 날은 무뎠고, 유릭의 손바닥은 곰처럼 두꺼웠다.

유릭은 한숨을 길게 내쉬었다.

'내 업보지.'

바샤는 유릭을 향한 문명인의 증오와 분노였다. 전쟁의 정당성은 평범한 사람에게는 아무런 의미가 없었다. 연맹군이 문명세계에 끼친 해악은 엄청났다. 그들의 손에 가족을 잃은 사람은 헤아릴 수도 없었다.

평범한 농가에 살던 소녀는 하루아침에 모든 걸 잃었다. 증오로 미치지 않는 게 이상할 터다.

과거의 유릭이라면 바샤의 마음 따윈 이해할 생각도 하지 않았을 것이다. 방해가 되는 자들은 모두 죽이는 게 전사의 방식이었다. 타인의 고통을 이해해 봐야 전사의 감각만 둔해질 뿐이다.

"……네 가족의 일은 유감이다, 바샤. 사과하지."

유릭은 그 말을 하곤 목발을 짚으며 정원을 벗어났다.

"나는 반드시 복수할 거야! 언젠가 너는 내 손에 죽을 거다!"

주저앉은 바샤는 눈물을 뚝뚝 흘리며 소리를 내질렀다.

태양교에서는 한 무리의 성직자를 하멜에 보냈다. 그들은 연맹과 접촉해 우호적 관계를 쌓으려고 했다.

"제가 고트발입니다."

고트발은 사제들을 맞이했다. 고트발의 소문은 사제들 사이에서도 자자했다.

'야만인의 수장을 길들인 성직자.'

사제들은 고트발에게 존경을 표했다. 만약 서부의 야만인들이 태양교로 개종한다면 큰 업적이 될 터다.

"바샤라는 여자를 압니까?"

"여기에 머물고 있습니다."

"그 여자가 스스로 성녀라 칭한다는 소문이 있더군요."

"소문일 뿐이죠. 성녀 같은 게 아니라, 그저 가련한 소녀입니다."

고트발은 애써 말을 돌렸다. 그도 바샤를 둘러싼 안 좋은 소문들을 알았다.

사제들과 고트발은 밤새 토론을 하며 앞으로 일에 대해 말했다. 고트발은 연맹의 깊숙이 자리를 잡은 태양교의 사제였다. 거기다 독실하고 평도 좋았다. 태양교 입장에서 고트발은 루가 내려준 성인이나 다름없었다.

"성하께선 서부교구를 지정하고, 그 주교로 고트발 형제님을 택할 겁니다."

고트발은 그 제안을 예상했다는 듯이 바로 고개를 저었다.

"아직은 이릅니다. 이들은 북부인과 달리 전쟁의 승자입니다. 우리의 방식대로 하는 게 아니라 천천히 저들의 사회에 스며들어야 합니다."

주교라는 영광스러운 직위조차 고트발에겐 아무것도 아니었다. 사제들은 웅성거리며 고트발의 인성을 칭송했다.

고트발과 사제들이 이야기하는 동안, 한 명의 견습사제가 황궁을 헤맸다. 아직 얼굴이 앳되어 소년의 티가 남아 있었다.

'바샤.'

견습사제는 바샤를 찾아다녔다. 그는 황궁에 오가는 하인에게 물어 바샤가 머무는 방을 찾을 수 있었다.

똑, 똑.

견습사제가 문을 두드렸다.

표독스러운 표정의 바샤가 문을 열곤 사제를 쳐다봤다. 그녀는 조만간 하멜을 떠날 생각이었다. 더 이상 하멜이 있다가는 바샤의 목숨이 위태로웠다. 실패했다지만 그녀는 대족장을 죽이려고 했다. 그 모습을 본 전사가 여럿이었다.

"누구시죠?"

바샤는 견습사제의 복장을 보고 경계했다.

"흄입니다. 아직 견습입니다만 성직의 길을 걷고 있습니다."

"성직자란 건 옷만 봐도 알겠어요. 저를 찾아온 이유가 있나요?"

"고트발 사제님의 전언이 있습니다. 안에 들어가도 되겠습니까?"

바샤가 이맛살을 찌푸리며 고개를 끄덕였다. 고트발의 전언이라는 말에 어쩔 수 없었다. 이런저런 일들이 많았지만 바샤는 여전히 고트발을 따랐고, 고트발은 자신을 죽이려고 했던 바샤를 기꺼이 용서했다.

"무슨 일이죠?"

"잠시 제 이야기를 들어주실 수 있으십니까?"

"별로 듣고 싶지 않은데요."

"아뇨, 당신은 들어야 할 의무가 있습니다, 바샤. 제국군 사이에서는 당신을 성녀라고 부르는 사람도 있었지요."

견습사제 흄이 바샤를 노려봤다. 사제답지 않은 날카로운 눈초리였다. 그 위압감에 바샤가 움찔했다.

"저는 원래 고아였습니다. 도시의 뒷골목에서 좀도둑질을 하며 살아가는 멍청이였죠."

"그게 저와 무슨 상관이 있다는 거죠?"

"그런 저를 거두어준 수도사가 있었습니다. 그런데도 저는 정신을 차리지 못하고 바보 같은 짓을 계속 했습니다. 결국 저는 경비에게 붙잡혔고 도둑질한 죄로 양손을 자르는 형벌을 받았습니다. 그러나 제 어리석은 행동에도 불구하고 그분께서는 저를 대신해 죗값을 치르겠다고 나섰습니다. 자신의 손을 대신 자르라고 영주 앞에서 의기롭게 말씀하셨죠. 다행히 영주는 저와 그분의 손을 둘 다 자르지 않았고, 저는 다신 잘못된 일을 하지 않을 거라 맹세했죠."

흄이 눈동자를 굴리며 방의 구조를 살폈다. 도망갈 곳은 문 밖에 없었다. 문과 일자로 선다면 도주로는 봉쇄되는 셈이다.

"참으로 훌륭하신 분이군요."

바샤가 의례적으로 말대꾸를 했다.

"정말 훌륭하신 분이죠. 저는 정식으로 서임받기 위해서 3년간 그분의 곁을 떠나 있었습니다."

흄이 한 발자국 가까이 다가왔다. 바샤는 주춤거리며 품에 있는 단도를 붙잡았다.

"더 이상 할 말이 없으면 나가주시죠."

"……제국군을 따라 종군하다가 죽는 경우는 드물진 않습니다. 전쟁터에서는 눈먼 화살에 맞아 죽기도 하니까요. 하지만 말입니다."

바샤의 뇌리에 한 사건이 스쳤다. 바샤의 광기가 정점에 달하던 시기에 있었던 일이었다.

"물러나세요, 경고합니다."

"그분께서는 아녀자를 겁탈할 사람이 아닙니다. 당신은 그분의 명예를 더럽혔습니다. 사람들에게 거짓을 속삭였죠."

흄이 눈물을 흘렸다. 그에겐 아버지 같은 사람이었다. 아녀자를 겁탈하려다가 역으로 당해 죽을 사람이 아니었다. 흄은 그 소식을 들은 순간부터 바샤가 거짓말을 했음을 알았다.

"……제 몸을 더럽히려고 했습니다."

"루께 맹세코 확실합니까?"

바샤가 잠시 머뭇거렸다. 그 반응을 본 흄은 자조하며 고개를 저었다.

"더 이상은 참을 수 없어. 도대체 그분이 너에게 무슨 잘못을 했다는 거지? 왜 그런 오명까지 뒤집어쓰고 죽어야 했던 거야?"

흄이 절규하듯 말했다. 그의 눈동자가 살의로 번들거렸다. 믿음 따윈 아무래도 좋았다. 그저 눈앞에 있는 여자를 죽이고 싶었다.

"나, 나는……."

바샤가 당황했다. 흄은 갈고리 모양의 단도를 꺼냈다.

업보가 바샤의 목숨을 노렸다. 바샤는 뒷걸음질 치다가 넘어졌다.

"죽어서 알레도르 수사님을 만나거든 사죄해라! 네 죄를 고백해!"

뒷골목 출신답게 흄의 몸놀림은 잽쌌고 싸움에 익숙했다.

끼이익!

바샤가 억척스럽게 흄의 손을 잡아서 단도를 밀어내려고 했다. 그러나 찍어 내리는 흄의 힘을 이기기 힘들었다. 칼날이 천천히 바샤의 가슴에 파고들었다.

흄의 눈동자는 증오로 가득했다. 그는 다른 사제들과는 전혀 다른 목적으로 하멜에 방문했다. 오로지 복수만이 그의 전부였다.

'내 잘못인가?'

바샤의 눈동자가 천장을 보고 있었다. 흄이 자신을 죽이려고 했다.

'어쩔 수 없었어.'

바샤는 자신의 목적을 위해 죄 없는 이를 죽였다.

'나는 단지 복수를 하고 싶었을 뿐인데……'

흄도 마찬가지였다. 소중한 이의 복수를 하고 싶을 뿐이었다.

'나도 유릭과 다를 바 없군.'

바샤는 한숨을 쉬며 손아귀에 힘을 놓았다.

푸욱.

갑작스러운 바샤의 포기 때문에 흄의 칼날이 바샤의 심장까지 파고들었다.

바샤가 움찔하며 흄을 바라봤다. 피에 젖은 흄의 얼굴이 보였다. 복수에 성공한 흄은 웃고 있었다.

"엄마, 아빠……."

바샤가 눈물을 흘리며 중얼거렸다. 그녀의 심장이 식어갔다.

바샤는 죽었다. 그녀를 죽인 견습사제 흄은 자신의 범행을 밝히며 자수했다.

그러나 누가 흄을 벌할 것인가? 바샤는 연맹의 적이었으며, 그저 고트발의 식객에 불과했다. 유릭을 죽이려고 했던 전과조차 있었다.

바샤의 죽음을 안타깝게 여기는 사람은 고트발뿐이었다.

함께 온 사제들조차 흄의 돌발행동을 예상히지 못했고, 흄의 처우를 연맹에게 고스란히 맡겼다. 태양교 입장에서는 견습사제의 목숨보다 외교관계가 훨씬 중요했다.

"저는 복수를 해야 했습니다."

흄이 고개를 숙이며 말했다. 그는 체포된 채로 의자에 앉아 있었다.

고트발은 흄의 앞에 서 있었다. 흄의 말을 들은 그가 대답했다.

"저는 당신을 믿습니다. 아마도 바샤가 무고한 사람을 죽인 게 틀림없겠지요. 바샤는 정신적으로 불안정했습니다."

고트발과 함께 행동한 뒤로 바샤는 나아지고 있었다.

'시간이 좀 더 지나면 증오와 분노를 버릴 수 있었을지도 모르지……'

바샤는 결국 마음의 평온을 찾지 못하고 죽었다. 붉고 시커먼 감정덩어리만 가득 안은 채로 죽었다. 고트발은 그 사실이 너무나 안타까웠다.

'아직 소녀에 불과한 바샤가 어째서 그렇게 끔찍한 감정을 안고 죽어야 했습니까?'

루의 대답은 없었다.

바샤는 유릭과 야만인을 증오한 채로 죽었다.

'자신의 증오하는 흄에게 죽었지.'

시작과 끝은 증오와 연쇄였다. 인간은 자신의 감정에 충실하게 살아간다. 누군가를 조건 없이 용서하기란 불가능에 가까웠다. 유릭과 바샤도, 사제의 길을 걷던 흄조차 감정을 이기지 못했다.

"흄, 당신은 바샤를 용서했어야 했습니다."

"제 스승이며 아버지나 다름없는 분을 죽인 여자입니다. 그것도 강간범이라는 오명까지 뒤집어씌웠죠. 어찌 제가 그런 여자를 용서할 수 있단 말입니까?"

"루께서 그러길 바라시며, 그게 옳은 일이기 때문입니다."

"설교는 됐습니다. 어떤 처분이라도 달게 받겠습니다. 다시 똑같은 상황이 되더라도 저는 복수를 했을 겁니다."

"복수를 권장하는 건 야만의 신입니다."

"그렇다면 야만의 신이 우리 인간과 더 가까운 모양이지요."

흄은 태도는 단호했다. 거친 성격이 말투에서 뚝뚝 묻어 나왔다.

'원래 사제의 길과 맞지 않는 사람이다. 이런 자를 사제의 길로 이끈 알레도르는 참으로 훌륭한 사람이었겠지.'

흄의 처우는 고트발에게 달렸다. 유럭은 바샤의 죽음을 듣고 그저 고개만 끄덕였다.

"흄, 당신은 어떤 처우라도 달게 받는다고 스스로 말했습니다."

"제 행동이 그릇된 일이었다는 건 누구보다 제가 잘 압니다. 복수는 잘못된 일이었죠. 하지만 제가 하지 않으면 그 누가 비샤에게 벌을 준단 말입니까?"

"루께서 보고 계십니다. 우리의 모든 행동이 때가 되면 정당한 심판을……"

"그런 고리타분한 소리는 됐습니다. 저는 제가 두 눈으로 볼 수 있는 심판을 바샤가 받길 원했습니다. 복수의 대가가 죽음이라면 그 또한 받아들이겠습니다."

고트발은 한숨을 쉬었다. 그는 물을 한 잔 따라서 흄에게 넘겼다.

"당신을 죽인다고 무엇이 바뀌겠습니까? 바샤는 돌아오지 않을 겁니다. 당신을 좋아하는 지인들은 당신의 죽음에 슬퍼하며, 심판을 내린 저를 미워할 겁니다. 세상은 더욱 나빠질 뿐이죠."

흄은 물을 마셨다. 그는 차마 고트발을 정면으로 보지 못했다.

"듣던 대로 훌륭하신 분이군요."

"제 제안은 하나입니다. 연맹의 수장 유릭을 아십니까?"

"지금 세상에 제국을 무너뜨린 자의 이름을 모르는 사람이 있겠습니까?"

"당신이 그 유릭의 수발을 들면 됩니다. 제 부탁이라면 유릭도 흔쾌히 들어줄 겁니다."

흄이 크게 당황했다. 전혀 예상치도 못한 판결이었다.

"어째서 갑자기 그런……. 못 하겠다는 게 아닙니다. 이유가 궁금해서 그럽니다."

"저도 딱히 명확한 이유가 있는 건 아닙니다."

고트발이 웃으며 흄의 어깨를 두드렸다.

흄의 동공은 더욱 커졌다. 순간 고트발이 미친 게 아닐까라는 생각마저 들었다.

"농담이 아니라 진심이십니까?"

고트발이 고개를 끄덕였다. 머리를 긁적이던 흄은 고트발의 처우를 받아들였다.

Chapter 6

　유릭은 정원에 자주 나갔다. 답답한 황궁에서 탁 트인 공간
은 정원 정도밖에 없었다.

　"또 정원에 계시는군요."

　고트발이 흄과 함께 유릭을 찾아왔다.

　유릭은 흄과 고트발을 번갈아 보다가 어깨를 으쓱했다. 고
트발은 흄의 처우에 대해 말했다.

　"바샤를 죽인 놈에게 내 수발을 들라고 시켜?"

　고트발의 설명을 들은 유릭이 크게 웃었다. 고트발 옆에 있
던 흄은 주눅이 들었다.

　"그게 재미있을 것 같지 않습니까? 유릭."

　"확실히 재밌겠군!"

유릭은 고트발의 제안을 거절하지 않았다. 그는 기꺼이 흄을 자신의 하인으로 두었다.

"그리고 유릭, 한 가지 부탁이 더 있습니다."

"응?"

"황제가 합당한 최후를 맞이할 수 있게 용서하십쇼."

"그 이야기는 집어치워. 그리고 얀키누스는 더 이상 황제가 아니야. 내 노예인 거지."

유릭은 황제에 대해서는 냉랭하게 대꾸했다.

"얀키누스를 죽지도 살지도 못하는 상태로 만들어서 당신이 얻는 게 뭐가 있습니까?"

"죽은 형제들을 위한 봉양은 되겠지. 고트발, 내 친절을 과하게 이용하지 마라. 난 분명 안 된다고 이미 말했다."

고트발은 고개를 끄덕이며 뒤로 물러났다.

유릭은 고트발의 등을 바라보다가 흄을 향해 고개를 돌렸다.

"이름이 흄이라고 했나?"

"그렇습니다."

흄의 몸이 미미하게 떨렸다.

'제국을 몰락시킨 장본인……'

온갖 소문이 있었다.

'사람을 먹는다는 말도 있지.'

흄은 조용히 유릭의 말을 기다렸다.

"바샤를 죽일 때 기분이 어땠지?"

"해냈다는 생각이 들었습니다."

"살인을 처음 하는 게 아니었군. 아무리 원수라도 살인이 처음이라면 그런 생각이 들지 않으니까."

흄은 고개를 끄덕이며 긍정했다. 그는 뒷골목 출신이었고 살인 경험도 있었다.

"……당신은 어째서 바샤를 살려둔 겁니까? 바샤가 당신을 공격했다고 들었습니다."

"내게 위협이 되지 않으니까 살려둔 거다. 바샤는 복수에 실패했지만, 넌 복수에 성공했지. 간단한 이치다. 바샤는 약했고, 너는 바샤보다 강했지. 그리고 나는 타인의 원망과 증오를 사더라도 죽지 않을 만큼 강했기에 살아 있는 거지."

"그래서 그렇게 많은 사람을 죽인 겁니까?"

흄은 두려움 속에서도 질문을 짜냈다. 유릭이란 사람에 대해 궁금했다.

"어쩔 수 없었거든. 비겁한 변명이라도 사실이야."

유릭이 피식 웃었다. 그는 저 멀리 고트발이 완전히 사라진 걸 보곤 흄의 귓가에 속삭였다.

"고트발이 자비니 사랑이니 하면서 훈계를 엄청 하지 않았어?"

"고트발은 훌륭하신 분입니다. 올바른 행동을 알면서도, 그릇된 행동을 한 건 접니다."

흄은 고트발을 향해 존경을 표했다. 고트발은 자신이 죽더라도 올바른 선택을 할 터다. 모두의 귀감이 될 성직자였다.

"고트발은 훌륭한 성직자지만 고리타분한 면이 있지."

유릭이 목발로 땅을 짚으며 성큼성큼 걸었다. 어찌나 상체의 힘이 센지 목발을 짚고도 흄보다 앞서 나갔다.

'사실 내 수발 따윈 필요 없는 게 아닐까?'

만난 지 얼마 되지도 않았는데 유릭이 얼마나 대단한 사내인지 느껴졌다. 그가 인간이 아니라는 소문이 진짜일지도 모른다는 생각마저 들었다.

"나는 네가 그릇된 일을 했다고 생각하지 않아. 나 역시 내가 아끼는 이가 누군가에게 죽으면 전력을 다해 복수할 거다. 고트발의 말대로 복수를 하지 않고 용서하는 게 옳다면…… 우리가 사는 세상의 질서는 유지되지 않을 거다. 누군가를 죽이면 보복을 당한다는 걸 알기 때문에 사람들은 타인을 함부로 해하지 못하지."

부족사회의 질서는 보복으로 유지된다. 누군가의 아비를 죽이며, 그 아들이 장성해서 복수를 한다. 형제가 살아 있다면 그 형제가 원수를 갚는다. 명예로운 복수는 권리이자 의무였다.

"하지만 복수를 권장한다면 악순환이 끊이지 않을 겁니다. 제가 이런 말을 할 자격은 없지만요."

유릭이 코웃음을 쳤다.

"하, 그건 착각이지. 복수할 대상이 더 강하면 순환은 끊겨. 바샤는 결국 내게 복수하지 못하고 죽었잖아. 올바른 일과 그릇된 일이라는 건 단순한 관점의 차이다. 문명인의 입장, 야만인의 입장, 종교적 입장……. 옳고 그름이 제각각이지."

흄은 유릭에게 흥미를 느꼈다. 생각 이상으로 말재주가 뛰어난 야만인이었다.

유릭과 함께 있는 동안 흄은 몇 가지 사실을 알았다.

'유릭은 인육을 즐겨먹지 않으며, 가만히 지켜보자면 그저 남들보다 뛰어난 인간에 불과하다.'

유릭 또한 인간이었다. 오히려 선입견을 벗어던지면 어지간한 문명인보다 말이 더 잘 통하는 지성인이기도 했다.

'무엇보다 시야의 폭이 넓어. 왜 고트발이 유릭과 함께 행동하는지 이해가 간다.'

유릭은 어리다고 말할 수 있는 나이에 문명세계로 넘어왔다. 가치관 변화가 심한 시기에 문명세계에서 수어 년을 보냈기에, 그는 여러 관점에서 세상을 보는 능력을 가졌다. 어느 정도 사고가 굳어지는 나이에 이르러서도 생각하는 법이 유연했다.

'이런 자가 정말로 문명세계를 박살 낸 야만군단의 수장이란 말인가…….'

흄이 평범하게 유릭을 만났으면 그저 재미난 야만인이라 생각했을 것이다.

흄의 고요한 일상과 달리 연맹 내부의 사정은 빠르게 변했다.

'유릭은 불구가 되었어.'

'왜 대족장 자리에서 내려오지 않는 거지? 이제 와서 권력욕이 생긴 건가?'

연맹의 전사들이 숙덕거렸다. 하멜을 정복한 지 두 달이 넘었다. 유릭은 별다른 지시 없이 하멜에 체류하고 있었다.

게오르크는 매일같이 유릭을 찾아와서 연맹의 상황을 보고했다.

"흰색발 부족은 서부로 돌아간다고 합니다."

유릭은 미녀들 사이에 누워 과일을 먹고 있었다. 황제의 여인들 중 일부는 연맹에 투항해 유릭에게 봉사했다. 애초에 강제로 황제를 보필하던 여인이 태반이었다.

"복숭아가 잘 익었는걸. 아니, 그 과일 말고 너한테 달린 복숭아 말이야."

유릭이 여인의 엉덩이를 손바닥으로 치며 농을 던졌다. 여인이 유릭의 가슴을 주먹으로 때리며 웃었다. 연인 사이라고 해도 믿을 정도로 화기애애했다. 그도 그럴 것이 뒤틀린 성벽으로 유명한 황제와 비교하자면 유릭은 자상하기 짝이 없는 남자였다.

게오르크는 유릭의 행동을 보며 고개를 절레절레 흔들었다.

'전쟁이 끝나고 나서 완전 사람이 느슨해졌어. 옛날 같지가

않아.'

게오르크는 한숨을 크게 내쉬며 유릭에게 조언을 했다.

"군대에서 이탈하는 부족은 갈수록 많아질 겁니다. 서부로 돌아가든 문명세계에 정착하든 결정을 확실히 해야 합니다."

"돌아가고 싶으면 돌아가라고 그래. 정착하고 싶으면 아무 땅이나 군대를 이끌고 가서 자리를 잡으면 되잖아? 나와 연맹이 배경으로 버티는데 뭐가 문제란 말이야? 그렇지 않아? 예쁜 이들?"

유릭이 여인들의 큼직한 가슴을 주무르며 웃었다.

"얀키누스의 업적 중에 이것만큼은 인정해야겠어. 여자들을 모아서 이렇게 독점할 생각을 하다니 말이지. 이것만으로도 하멜을 정복할 가치가 있잖아. 안 그래?"

유릭의 말을 들은 게오르크의 미간에 주름이 가득했다.

"할 말이 있습니다, 유릭. 여인들을 물리시지요."

"어이쿠, 너희들은 가봐. 내 부하가 화가 났어."

유릭이 과장된 행동을 하며 여인들의 엉덩이를 돌아가며 쳤다. 여인들은 우르르 흩어지듯 사라졌다.

게오르크는 꽤나 많은 고민을 했다. 고민 끝에 내린 결정이었다.

"저를 따르겠다는 용병들이 많습니다."

"사내들을 이끌다니 제법이잖아."

"그래서 하는 말인데, 저도 제 세력을 데리고 여길 떠나겠습니다."

마냥 장난을 치던 유릭이 상체를 앞으로 당겼다. 게오르크는 귀한 인재였다.

"어디로? 포를카나?"

"북부로 갈 겁니다. 막 왕국이 형성되기 시작한 북부라면 저 같은 사람이 필요할 겁니다."

"거길 가더라도 연맹에 있는 것보다 더 좋은 대우를 더 받을 수 있을까?"

"당장은 여기보다 대우를 받지 못하겠죠. 하지만 유릭, 당신은…… 나라를 세울 마음이 없어 보입니다. 유릭이 만든 국가의 재상이 되는 게 제 목표였죠. 노예 신분에서 재상까지 말입니다. 제가 속물인 건 아시지 않습니까?"

유릭은 떨떠름하게 게오르크를 바라봤다.

"그럼 지금이라도 나라를 세울까?"

유릭이 웃으며 말했다. 누가 들어도 명백한 농담이었다. 국가를 세우는 건 변덕 따위로 할 만한 일이 아니다. 서부인을 주축으로 한 국가를 세우려면 유릭의 남은 평생을 바쳐야 한다.

게오르크는 질렸다는 듯이 고개를 저었다.

"연맹 내부의 움직임이 심상치 않습니다. 당신에게 무슨 일이라도 생기면 저는 제가 가진 영향력을 모두 잃고 맙니다. 어쩌면 저를 탐탁지 않게 여긴 사람에게 죽을지도 모르죠. 그전에 여길 떠날 겁니다."

게오르크의 말을 전부 들은 유릭이 손을 내밀어 악수를 청했다. 게오르크가 걸어오며 유릭의 손을 잡았다.

"결정했다면 막진 않겠어. 그동안 고마웠다, 게오르크."

"저도 당신에게 감사하고 있습니다. 위대한 전사이자 영웅을 보필했다는 건 제 긍지가 될 겁니다. 부디 몸조심하십쇼."

게오르크가 고개를 까딱이며 방을 나섰다.

유릭은 멀뚱히 게오르크가 닫고 나간 문을 바라봤다.

짝.

한참을 멍하니 있던 유릭이 경쾌하게 손바닥을 쳤다. 숨어있던 여인들이 다시 우르르 나오더니 유릭을 껴안았다.

"못된 부하네요. 저렇게 그냥 훌쩍 가버리고."

"방금 나간 녀석은 부하가 아니라 친구야."

유릭이 웃으며 대꾸했다.

연맹군은 고요히 하멜에 주둔했다. 어느 순간부터 하멜의 시민들은 본래의 생활로 돌아갔다.

유릭은 하멜의 관료들을 그대로 기용했고, 오히려 황제의 사재를 털어서 도시의 재건에 보탰다.

'우리의 도시를 부순 자가 재건에 힘쓸 줄이야.'

하멜의 관료들은 유릭의 이중적인 행동에 어쨌든 장단을 맞췄다. 하루아침에 주인이 바뀌어도 하멜의 제도가 유지되는 까닭은 발달한 관료제 덕분이었다. 유릭은 관료들을 적극적으로 보호하며 하멜의 유지에 힘썼다.

"뱀 문신이 있는 놈들은 닥치는 대로 잡아들였소, 대족장."

카르카르 부족장이 유릭에게 보고를 했다. 카르카르 부족은 전사적 기풍이 유달리 강한 부족이었기에, 뛰어난 전사인 유릭과 좋은 관계를 유지했다. 지금까지 항상 유릭의 편을 들었던 집단이었다.

유릭이 불구가 된 지금도 카르카르 부족은 유릭에게 충실했다.

뱀교의 잔당들은 도시의 치안을 어지럽혔다. 그들은 혼란해진 틈을 타서 도시에 기생한 범죄조직이나 마찬가지였다. 유릭은 전사들을 투입해 그들의 뿌리를 뽑았다.

'트리키도 내 행동이 옳다고 말했을 거다.'

유릭은 의자에 앉은 채로 느슨히 고개를 기울였다.

뱀교는 트리키의 이상과 엇나간 집단이 되었다. 오히려 야만의 시절로 퇴보하고 있는 듯했다. 증오와 분노만 남은 하층민들은 뱀교의 이름을 내걸고 폭력을 정당화했다. 유릭은 그런 행동을 용납하지 않았다.

"마르가뉴 땅을 기억하시오? 대족장."

카르카르 족장이 젖술이 담긴 가죽술통을 던지며 말했다. 유릭은 술통을 받아 들고 꿀꺽꿀꺽 마셨다.

"기억하다마다! 우리가 쓸어버린 곳이잖아."

유릭은 단번에 젖술을 마시곤 텅 빈 가죽술통을 내던졌다.

"나는 그곳에 정착하고 싶소. 우리 부족은 서부에서도 변두리에 위치해 있지. 숲과 사냥감이 풍부한 하늘산맥 부근의 부족과 상황이 다르오. 우린 고향에 돌아가도 안식이 없소."

마르가뉴는 제국의 곡창지대였다. 연맹군이 휩쓸고 지나갔지만 땅은 여전히 비옥했다. 몇 년만 지나면 다시 번성할 게 분명했다. 많은 귀족이 그 땅을 탐내고 있었다.

곧 분쟁의 중심이 될 마르가뉴 지방이지만, 연맹을 배경으로 가진 집단이 정착한다면 수어 년은 침략을 받지 않을 터다. 문명인들은 연맹을 두려워하고 있었다. 그들이 다시 움직인다면 왕국 하나둘은 쑥대밭으로 변한다.

유릭이 턱을 매만지며 생각했다. 까끌까끌한 턱수염이 몇 올 잡아당기던 유릭이 고개를 끄덕였다.

"그런데 카르카르 부족만으로 마르가뉴를 통제할 수 있어?"

"우리 부족과 뜻을 같이하는 부족이 서넛 있소."

"나는 그런 소식을 하나도 듣지 못했는데 잘도 뭉쳤군."

유릭의 말에는 가시가 있었다. 유릭과 가까운 카르카르 부족조차 유릭 모르게 일을 진행한 게 있었다.

"솔직히 우리가 뭘 하든 대족장은 별로 관심 없지 않소."

유릭이 크게 웃음 터트렸다.

카르카르 족장은 유릭과 긴밀한 사이였던 만큼 유릭의 무관심에 대해서도 가장 먼저 알았다.

"성공적인 정착이 되길 진심으로 바란다. 필요한 게 있으면 뭐든 지원해 주지."

"그 말이면 충분하오. 우리가 필요한 건 대족장의 가호요."

카르카르 족장이 주먹을 위로 올리며 작별인사를 했다. 유릭은 그가 사라지는 걸 바라봤다.

카르카르 부족을 비롯해 중소규모의 부족들이 연맹에서 빠져나와 마르가뉴로 향했다. 일부 문명인 용병도 그들과 합류해 마르가뉴 정착을 꿈꿨다.

카르카르 부족을 시작으로 문명세계에 정착하려는 부족들이 늘어갔다. 대부분 서부에서도 황량한 땅을 가진 부족들이었다. 뭐든 쑥쑥 자라나며 먹을 게 풍부한 땅은 고향을 버릴 정도의 가치가 있었다.

연맹군은 서서히 분화되었다. 제국령에 속했던 기름진 땅들을 하나둘씩 차지했다. 대족장 유릭은 그런 연맹의 흐름을 막지 않았다.

비록 서부의 부족들은 여러 땅으로 흩어졌지만 암묵적인 동맹관계는 변하지 않았다. 시간이 흐르더라도 그 아들과 손자들은 혈통을 기억할 터다.

'……아주 오랜 시간이 지나면 또 모르지. 우리 또한 시간 앞에 바스러져 재가 될 것이다.'

유릭은 웃으며 또 다른 부족의 정착을 허가했다. 정착한 부족들은 전통을 유지하려고 해도 쉽지 않을 것이다.

유릭은 어린 나이에 문명세계로 건너와 형제들과 다른 가치관을 받아들였다. 앞으로 서부의 아이들은 문명세계에서 태어나, 서부의 황량한 땅을 모르고 자랄 것이다. 아버지와 할아버지의 이야기로만 자신의 뿌리를 이해할 터.

'칼보다 괭이를 더 친숙하게 여기겠지.'

유릭은 진심으로 그러길 바랐다. 피로 흘려 얻는 것보다 땀을 흘려 얻는 것을 더 소중히 여기길 기원했다.

'이 땅에서 자신의 것을 타인에게 나눠 줄 만큼 많은 걸 얻길……'

전사는 항상 누군가의 것을 빼앗는다. 하지만 농부는 자신의 것을 남에게 나눠 줄 수 있었다.

그러나 평생을 전사로 자라온 사내들에게 농부의 방식을 강요할 순 없다. 북부인 스벤이 그러했듯이 전사는 전사로 죽을 수밖에 없었다. 그게 그들에게 옳은 방식이다.

"유릭, 나는 고향으로 돌아간다."

벨루아가 어느 날 찾아와서 말했다.

"생각보다 말하는 게 늦었군."

유릭은 황제의 자리에 앉아서 벨루아를 내려다봤다. 한때는 어깨를 맞댔으나, 지금은 떨어진 거리만큼이나 두 사람 사이에 격차가 있었다.

"이곳에서 볼 게 많아서 그랬지."

벨루아가 어깨를 으쓱하며 히죽 웃었다. 유릭도 따라 웃었다.

"원하는 건 얻었나?"

"충분히."

벨루아는 제국의 공방을 얻었다. 공방의 기술자들은 자신의 기술을 벨루아에게 가르쳐 줄 수밖에 없었다. 고집을 부리던 일부 장인들은 끓는 기름에 목욕을 했다.

"이제 서부에서도 강철이 나오는 건가?"

"여기만큼은 안 될 거야. 예전보다 나은 정도겠지."

제국강철의 비밀은 하멜의 질 좋은 철과 강인한 장인들의 노력에 있었다. 물레방아를 통한 기계식 용광로의 화력으로 철을 녹이고, 장인들은 달군 철을 수없이 두드려 제련했다. 한 자루의 검을 만들기 위해서 장인들은 칼을 천천히 식히며 밤을 지새웠다. 기다리고 두드린 만큼 철은 질겨졌고 끈기가 있었다.

똑같은 방식으로 하더라도 시설과 철의 질이 달리는 서부에서 제국강철만 한 물건이 나오지 않는다. 그러나 시대를 앞선 야금술을 배운 것만으로도 크나큰 도약이었다.

"넌 다른 부족처럼 정착하진 않는군. 하기야 붉은모래 부족은 위치가 나쁘지 않으니 굳이 부족 전체를 옮길 필요는 없겠지."

"너야말로 어쩔 셈이지? 하염없이 여기에 머무는 것처럼 보이는데?"

"때가 되면 움직일 거야."

"넌 지금 늙은 염소 같아. 쉬고 있는 게 아니라, 죽을 때를 기다리며 비척거리는 염소 말이야."

"내가 비척거리면 너한테 좋은 거잖아?"

"······아직 넌 젊어, 대족장 유릭. 세상만사 다 산 것처럼 굴지 말라고."

벨루아는 유릭의 모습이 안타까웠다. 목적을 달성했기 때문일까? 아니면 불구가 된 박탈감 때문일까? 유릭은 예전처럼 활기가 없었다. 앞으로 나아가고자 하는 의욕조차 보이지 않았다.

'그 누가 뭐래도 유릭은 반짝이는 전사였다. 살아 있다고 온몸으로 외치는 듯했지.'

벨루아는 유릭을 다시 보지 못할 것 같다는 생각이 들었다.

"벨루아, 가기 전에 받아라."

유릭이 운철단도를 꺼냈다. 벨루아에게 받았던 보물이었다.

"대족장인 너한테 준 거다. 내가 돌려받을 이유는 없어."

"너한테 주는 게 아니야. 사미칸의 아들에게 주는 선물이다. 그러면 된 거지?"

"아비의 원수에게 받은 선물을 퍽이나 좋아하겠군."

"날 죽일 때, 그걸 들고 찾아오라고 해. 그럼 사미칸의 아들을 쉽게 알아보겠군."

벨루아 망설이다가 운철단도를 품에 집어넣었다. 그녀도 자신의 무리를 이끌고 서부로 돌아갔다.

하멜에 머무는 연맹군의 숫자는 오천 남짓했다. 아직까진 대족장의 소집령이면 대군이 모이겠지만, 시간이 지나면 연맹의 결속력은 미약해질 것이다.

정착한 부족들은 가까운 부족이나 문명 영주와 친목을 도모할 것이고, 고향으로 돌아간 자들에겐 유릭의 영향력이 쉽게 닿지 않을 터다.

흄은 그런 유릭을 지켜봤다. 도무지 이해가 가지 않았다.

'권력을 탐하는 자라면 흩어지는 힘을 경계하겠지.'

그러나 유릭은 흩어지는 힘을 붙잡지 않았다. 자신의 무리가 흩어져 미래의 씨앗이 되는 걸 그저 지켜만 봤다. 문명세계를 다시 흔들 힘을 가졌음에도 휘두르지 않았다.

하멜을 점령한 지 반년이 지났다. 문명의 왕국들은 전쟁을 시작했다. 연맹은 건드리지 않고 자기네들끼리 땅을 다투었다. 막 건국에 성공한 북부왕국은 내실을 다지느라 남쪽의 전쟁을 신경 쓰지 못했다.

대족장 유릭을 중심으로 뭉친 연맹은 서서히 작아졌다. 그런 연맹의 변화를 싫어하는 무리도 있었다.

전사들의 목소리가 서서히 위로 올라왔다.

"내가 대족장이라면 당장 전쟁을 시작할 거다."

"언제까지 우리가 여기에 있어야 하는 거지?"

전사들은 피를 보고 싶었다. 그들은 정착도 귀환도 택하지 않은 순수한 전사들이었다. 유릭을 신처럼 숭배하던 자들이 오히려 평온에 더 큰 불만을 품었다.

불만이 싹트기 시작했다. 유릭이 이룩한 신화와 같은 업적도 서서히 사그라졌다.

막 하멜을 정복했던 유릭은 전사들의 신이나 마찬가지였다. 그의 말 한마디면 불꽃 속으로 뛰어들어 갔을 전사들이 허다했다. 만약 유릭이 정복활동을 계속해 승리를 거듭했다면 정말로 신이 되었을지도 모른다.

문명세계를 모조리 불태우고 야만의 시대로 돌려 버린 종말의 짐승. 끔찍한 재앙의 신.

허나 유릭은 그런 자신을 바라지 않았다. 그는 인간에서 멈쳤다.

유릭은 날이 좋은 날 고트발을 불렀다. 고트발은 유릭의 몇 안 되는 이야기 상대였다.

"오, 왔군, 고트발. 포교는 어때? 잘되어가고 있나?"

유릭은 여인들을 옆에 끼고 정원에서 소풍을 즐기고 있었다. 여인들이 까르르 웃으며 유릭의 가슴을 간지럽혔다.

고트발은 그런 광경에 익숙했다.

"제가 가장 포교하고 싶은 상대가 눈앞에 있군요."

"포기할 때가 안 됐어?"

고트발은 유릭의 앞에 앉았다. 유릭은 여인들을 시켜서 고트발에게 치근덕거리게 했다. 그러나 고트발은 여인들의 유혹에도 끄떡하지 않고 유릭과 이야기를 했다.

"다른 땅에 정착한 부족장들 옆에 사제들이 붙었습니다. 글을 대신 읽어주고 내정을 도와주는 대신에 포교를 허가받았죠. 일부는 벌써 개종을 했습니다."

태양교는 빠르게 연맹에 스며들었다. 무력을 가진 전사들조차 문명세계에서 살아가려면 그 문화에 적응해야 했다. 가장 쉽게 문화에 스며드는 방법은 개종이었다.

'내가 그러했듯이, 문명인에게 인정받을 수 있는 쉬운 방법은 개종이지.'

유릭도 태양교도라고 말하고 다니던 시절이 있었다. 낯선 이방인이었던 유릭에게 태양교는 자신의 신분을 보장하는 방법이었다.

"언제까지 내 옆에 있을 거야?"

"당신이 평온을 찾을 때까지 곁에 있을 겁니다."

고트발의 말에 여인들이 입을 가리며 웃었다.

"그거 사랑고백 같잖아요, 사제님."

고트발은 여인의 농에도 그저 웃을 뿐이었다.

"네년들은 시끄러워. 입 대신에 손이나 움직여서 포도나 까."

유릭이 입을 벌렸다.

여인들은 유릭의 험한 말조차 사랑스럽게 여겼다. 여인들은 기이할 정도로 유릭을 좋아했다. 단순히 권력자에게 충성하는 것 이상이었다.

'잘은 몰라도 유릭에겐 여인의 마음을 홀리는 매력이 있는 듯하군.'

고트발은 유릭과 여인들을 바라보며 생각했다.

포도 한 송이를 먹어치운 유릭이 상체를 고트발 가까이 들이밀었다.

"한 가지 부탁이 있어, 고트발. 너라면 믿을 수 있어서 부탁하는 일이다."

"제가 할 수 있는 일이라면 하겠습니다."

"내게 아이가 있다는 건 알지?"

"그 하나만 있겠습니까?"

고트발이 간만에 빈정거리듯 말했다.

"내가 인지하는 건 한 명뿐이야. 뭐, 어쨌든 내 아이가 몇 명이든 난 좋은 아버지가 아니지. 정말 막돼먹은 놈이니까."

"바르카 왕이라면 훌륭하게 키워낼 겁니다."

"아마 그렇겠지. 뭐, 아이가 부모 마음대로 크진 않겠지만……. 어쨌든 파헬, 그러니까 바르카는 왕이야. 아이를 보는 것 말고도 할 일이 많겠지."

"그렇겠죠. 바르카 왕은 큰 목표가 있는 사람입니다. 앞으로도 많을 일을 할 겁니다."

"난 아버지가 돼서 내 아들에게 해줄 수 있는 게 없어. 그러니까 적어도 내가 아는 최고의 선생을 스승으로 붙여주고 싶다."

유릭이 그 말을 하곤 입을 다물었다.

"제게 그 아이를 가르치라는 말입니까?"

"알면서 되묻는 걸 보니 거절인 건가?"

유릭이 고트발을 빠히 쳐다봤다. 고트발만큼 학식과 인성이 뛰어난 사람은 찾기 힘들다.

"그런 건 아닙니다만……."

"너라면 믿고 맡길 수 있어. 바르카도 네가 스승으로 찾아가면 기뻐할 거야."

"저는 그 아이를 독실한 태양교도로 가르칠 겁니다."

"어차피 문명세계에서 자라면 그렇게 될 거야."

"거절하기 힘든 부탁이군요……."

고트발이 허락하자마자 유릭의 표정이 밝아졌다.

"고마워! 역시 넌 최고야! 지금 당장 서신을 쓰도록 하지!"

신이 난 유릭이 흄을 불렀다. 흄은 유릭의 말대로 서신을 받아 적었다.

유릭의 서신을 받은 고트발은 얼마 지나지 않아서 하멜을 떠났다. 그렇게 하나둘씩 유릭의 주변인물이 떠났다.

'유릭의 행동이 이상해.'

반년간 유릭을 보필한 흄은 불안했다. 어느새 돌아보니 유릭의 측근은 거의 남지 않았다. 유릭의 행동은 죽음을 앞둔 사람 같았다.

'그런데도 난 아직도 유릭 곁에 있군.'

유릭 같은 사내가 죽는다면 주변 인물도 무사할 리가 없다. 그 여파는 어마어마할 것이다.

창백한 얼굴의 사내가 감옥에 갇혀 있다. 발목과 팔목에는 칼질의 흉터가 뚜렷했다. 힘줄이 끊어져서 손과 발에 힘이 들어가지 않았다.

쌔액, 쌔액.

황제 얀키누스의 숨소리만 가늘게 흔들렸다.

"지독한 놈이군. 아직까지 살고 싶은 건가?"

간수를 맡은 전사가 떠들었다.

얀키누스는 반년째 모욕과 고문을 당했다. 차라리 죽는 게 나은 삶이었다. 하루가 멀다하고 광장에 끌려 나가 조롱거리가 되었으며, 오랜 고문 때문에 멀쩡한 신체 부위가 없었다.

처음에는 황제를 구하려는 움직임이 있었다. 그러나 그마저도 흐지부지되었다. 이제 와서는 농담으로라도 폐인이 된 황제를 구하겠다고 말하는 사람이 없었다.

"마셔라, 네놈이 죽으면 대족장께서 언짢아하실 테니까. 퉷!"

전사가 희멀건 죽에 침을 뱉으며 내밀었다. 그가 받은 명령은 하나였다.

'최대한 오랫동안 살려두며 괴롭혀라.'

전사들은 유릭의 명령을 충실히 지켰다.

처음에는 유릭도 간간이 얀키누스를 멀찍이서 봤었다. 그러나 어느 순간부터 얀키누스에 대한 관심조차 끊었다.

"어쩌면 대족장께서는 네 존재 자체조차 잊었을지도……."

이제 얀키누스는 아무런 존재도 아니었다. 황제의 위엄조차 잃었다. 기적이 일어나 탈출한다 해도 이런 몸으로 재기하는 건 무리다.

후루룹.

얀키누스는 부끄럽지도 않은지 전사가 침을 뱉은 죽을 허겁지겁 마셨다. 이거라도 먹지 않으면 종일 굶어야 한다.

얀키누스의 기이한 집착과 광기를 본 전사가 혀를 차며 욕을 내뱉었다. 정작 보고 있는 사람이 찝찝할 정도였다.

'나라면 저 꼴이 되기 전에 자살했다.'

악착같이 꾸역꾸역 살아가는 얀키누스가 괴물처럼 보였다. 보편적인 인간의 생각에서 벗어난 존재였다.

"한때 정점에 있던 사내라 다르긴 다르군. 조심해, 잡아먹힐지도 모른다고."

간수 역할을 교대하던 전사가 말했다.

얀키누스는 다 먹은 그릇을 바깥으로 밀었다. 그는 무릎으로 기어서 구석자리까지 갔다.

스륵.

자색독수리 망토를 이불 삼아 몸을 웅크렸다. 지하감옥에 들어오면서도 쥐고 있던 망토였다. 찬란한 자줏빛은 탁해지다 못해 검었다.

'춥군.'

얀키누스는 뼈만 앙상한 꼴이었다. 벗겨진 살가죽의 일부는 낫지도 않은 채로 굳었다.

원체 잘 먹었으며 강건한 사람이었는지라 지금까지 버틸 수 있었다. 그러나 그마저도 한계에 달했다. 죽음의 독기는 그의 내장까지 스며들었다. 기침을 하면 피가 한가득 나오기 일쑤였다.

'나는 지금까지 무얼 했는가?'

제국은 빠르게 일어선 만큼 일찍 몰락했다. 강건했던 제국은 야만인의 도끼 앞에 무너졌다.

감옥에선 할 일이 없었다. 그저 사색하며 있었던 일들을 하나씩 되짚었다. 무수히 많은 실수가 보였다.

조금만 더, 조금만 더.

삶이란 그러했다. 한 발자국만 더 생각하면 되지만, 이미 지나간 길을 돌아가진 못한다.

실수 하나 없는 삶을 사는 사람은 없다. 사람들은 실수한 머저리를 비웃지만, 누구나 살면서 머저리 같은 짓을 저지른다.

부모를 죽일 정도로 비정하고 냉철한 자라도, 인간의 한계를 벗어나지 못하기에 실수를 한다. 그렇게 한 치 앞도 알 수 없는 것이 인생, 인간은 신에게 의지하며 우연을 자신의 편으로 만들려고 했다, 자신의 머저리 같은 실수를 신이 감춰주길 바라면서.

'나는 야만인 유릭에게 호기심을 가졌다.'

얀키누스만 그러했던 건 아니었다. 많은 문명인이 야만인 유릭에게 매력을 느꼈다.

'하지만 나는 그 호기심을 끊고 유릭을 죽였어야 했다. 내 뜻대로 움직이지 않는 자를 가까이한 게 실수였어.'

얀키누스가 유릭을 중용하지 않았다면, 감히 유릭이 산맥을 다시 넘을 수 있었을까? 유릭은 혼자만의 힘으로 산맥을 넘은 적은 없었다. 문명인이 개척한 길을 따라갔기에 유릭은 산맥을 넘을 수 있었다.

'내가 유릭에게 모든 걸 털어놓은 셈이지. 서부를 정복할 거라 미리 말해둔 꼴이라니……'

얀키누스의 어깨가 들썩였다. 쇳소리 섞인 웃음을 흘러나왔다.

'오만했구나, 얀키누스. 주변의 귀를 조심하라고 아버지께서 늘 말씀하셨지.'

불세출의 영웅이 된 유릭조차 모르는 것을 대비하지는 못한다. 유릭이 제국의 정복을 저지할 수 있었던 까닭은 얀키누스의 행동을 알고 있었기 때문이다.

적이 언제 올 줄 안다면 아무리 열세라도 방도가 있는 법이다. 연맹의 승리는 늘 기적 같았지만, 우연으로 만든 기적은 아니었다.

'승리는 언제나 인간의 힘이다. 우연 따위가 아니야.'

몇 번이나 생각했었다. 수어 년의 판단과 결정을 되짚어도 결론은 하나였다.

'나 얀키누스는 유릭에게 패했다.'

우연이나 기적이 개입할 여지가 없었다. 유릭은 철저히 준비했고, 오로지 얀키누스와 제국을 향해서만 달려왔다.

'내가 유릭과 연맹을 전력으로 상대해야 하는 적이라고 인지한 건 이미 판세가 뒤집힌 후였지. 내 결정이 현실의 흐름보다 늦었다.'

과거의 황제들은 대부분 전쟁을 친히 지휘했다. 그들은 직접 가서 전장을 보고 판단했다.

'내가 하멜에서 나오는 게 늦었다. 장군을 보낼 게 아니라 내가 병사를 이끌고 유릭과 맞서야 했지. 그러면 유릭과 동등한 시간대에서 판단할 수 있었을 거다. 수도에 웅크려 있었기에 난 언제나 수동적으로 행동할 수밖에 없었어.'

전쟁 끝자락이 되어서야 유릭과 얀키누스는 같은 전장에서 명령을 내렸다. 이미 제국이 한참이나 열세에 몰린 뒤였다.

'하수로에서 나는 승리를 눈앞까지 가져왔다고 생각했다.'

그러나 귀신같은 양동작전이 있었다. 야만인들은 하멜의 지리를 몹시 잘 아는 듯이 움직였다. 그들은 제국군의 눈을 피해 뒷골목으로 움직였다. 얀키누스조차 예상치 못한 전술행동이었다.

'……비장의 수를 하나 더 숨겨둔 유릭의 승리였다.'

얀키누스는 하수로 침입을 미리 읽고 대비했다. 그것도 대단한 선견지명이었으나, 유릭은 그보다 더 앞에 있었다.

사고의 흐름은 늘 같았다. 매일매일 똑같은 복기였다.

'피곤하군.'

얀키누스는 눈을 감았다. 달콤한 잠이 밀려온다.

'이대로 눈을 감으면 내일 일어날 수 있을까?'

확신은 없다. 몸은 나날이 더 쇠약해졌다. 눈꺼풀이 떨리다가 가라앉았다.

"일어나!"

간수가 얀키누스의 몸을 찔렀다. 잠들기 직전이었던 얀키누스가 화들짝 놀라며 몸을 일으켜 세웠다. 품격과 위엄은 찾아볼 수도 없었다.

"대족장께서 부르신다."

간수는 얀키누스가 알아먹든 말든 팔을 잡고 일으켜 세웠다. 얀키누스가 흐느적이며 끌려갔다.

"어디로 가는 거지?"

얀키누스가 어눌하게 말했다. 고문당하는 동안 이가 죄다 빠져서 발음이 부정확했다.

어차피 말은 통하지 않았다. 질질 끌려간 얀키누스는 낯익은 풍경을 바라봤다.

'얼마 만에 보는 황궁이란 말인가……'

얀키누스의 거처였다. 여전히 잘 다듬어진 정원을 지나서 얀키누스의 궁이 보였다.

끼이이익.

문이 열리자, 기다란 만찬용 식탁이 보였다. 그 끝에는 유릭이 앉아 있었다.

"잘 지냈나? 얀키누스."

유릭은 향신료로 덕지덕지 치댄 닭고기를 뜯어 먹고 있었다. 그는 손가락을 쪽쪽 빨며 얀키누스에게 턱짓을 했다.

"오랜만이군."

얀키누스가 온몸을 비틀며 힘겹게 의자에 앉았다. 몸은 쇠약해졌어도 눈동자만큼은 여전했다.

"이거 맛있더군. 고기 맛을 한참이나 못 봤을 텐데 먹어봐."

유릭이 돼지고기가 담긴 그릇을 밀며 말했다. 얀키누스는 멀뚱히 유릭을 쳐다봤다.

"아 참, 손이 불편해서 먹기 힘들지? 내가 까먹고 있었군."

유릭은 입꼬리를 비틀며 손뼉을 쳤다. 한때 얀키누스의 시중을 들던 여인이 얇은 천만 걸친 채로 나왔다.

"가서 황제폐하의 시중을 들라고! 손으로 고기를 찢어서 먹여줘! 새끼 새에게 먹이를 주는 어미처럼!"

유릭이 여인의 엉덩이를 철썩 때리며 웃었다.

으적, 으적.

얀키누스는 잇몸만 남은 입으로 고기를 억지로 씹어 삼켰다. 입은 움직였지만 눈동자는 유릭을 빤히 보고 있었다.

"성대한 접대에 감사하네."

얀키누스가 손등으로 입을 쓱쓱 닦았다.

"천만에, 불구끼리 친하게 지내야지."

유릭은 자신의 허벅지를 툭툭 두드렸다. 그는 귀한 술까지 내오며 얀키누스를 대접했다.

얀키누스는 별다른 말 없이 음식을 먹고 술을 마셨다. 어째서 자신을 불러왔는지는 묻지도 않았다. 그는 배를 채우는 데 열중했다.

얀키누스의 시중을 들던 여인은 식은땀을 흘렸다. 얀키누스를 보고 있자니 온몸이 오싹했다.

'예전부터 피도 눈물도 없는 냉혈한인 건 알았지만…… 우리와 같은 인간이긴 한 거야?'

손발의 힘줄이 끊기고, 살가죽은 얼룩소처럼 군데군데 벗겨졌다, 그런데도 얀키누스는 유릭을 향한 저주를 퍼붓지 않았다. 자신의 모든 걸 빼앗아 간 상대 앞에서 담담히 식사를 했다.

"잘 먹었네. 간만에 식사다운 식사를 했군."

얀키누스가 입가를 닦으며 말했다. 그는 예전처럼 많이 먹지 못했다. 고기를 소화시키기 힘들 만큼 몸이 쇠약했다. 당장에라도 구역질이 날 것 같았다.

'고통으로는 얀키누스를 꺾지 못하는군.'

유릭은 피식 웃었다. 그는 얀키누스가 싫었다. 얀키누스의 정복활동만 없었더라도 유릭은 지금과 다른 삶을 살았을 터다.

"그래, 유릭……. 이제 나를 죽이려고 불렀나?"

얀키누스가 고개를 들었다. 깡마른 눈동자는 일그러지듯 빛났다.

"난 널 용서하기로 했다, 얀키누스. 오늘은 자비를 베푸는 날이지."

유릭이 식탁 밑에 있는 도끼를 꺼내서 식탁을 찍었다.

"용서?"

얀키누스가 마른 웃음을 터트렸다.

"그래, 용서."

"유릭, 난 승자인 너를 존중한 거다. 용서 따윈 우리 사이에서 나올 말이 아니네. 우린 단지 승자와 패자인 거지."

그 말을 들은 유릭이 고개를 옆으로 기울였다. 얀키누스가 말을 이으며 계속 웃었다.

"내가 하늘산맥을 넘고자 결단을 내리지 않았다면, 너는 평생 그 황량한 땅에서 짐승 같은 여인들과 뒹굴고 있었겠지."

유릭의 무용은 널리 퍼져 있었다. 문명인들조차 유릭의 이야기를 알았고, 음유시인들은 노래로 만들어 떠들었다. 유릭이 문명세계로 넘어오게 된 계기를 모르는 사람이 드물 지경이었다.

"그건 맞아. 그쪽에서 먼저 넘어오지 않았다면, 아무리 나라도 산맥을 넘을 생각은 쉽게 못 했겠지."

유릭은 순순히 긍정했다. 자력으로 하늘산맥을 넘는다는 건 꿈같은 일이었다. 혼자서 넘으려고 했다면 수많은 선조들처럼 하늘산맥에 뼈를 묻었을 것이다.

인과가 꼬리를 물고 있었다. 유릭과 얀키누스는 서로를 알기도 전부터 깊게 연관된 사이였다.

얀키누스의 야망이 유릭을 문명세계로 불러왔다.

'백성들의 말처럼 내가 종말을 불러온 셈이지.'

얀키누스는 입을 가리며 기침을 했다. 앙상한 손가락 사이로 튀어나온 핏방울이 식탁에 묻었다.

유릭은 이 사이를 손톱으로 긁었다. 고기 찌꺼기를 제거한 그는 숨을 크게 들이마셨다.

"나는 너를 용서할 생각이 없었어. 끝까지 괴롭히며 후회를 맛보여 주고 싶었지. 네가 절망에 빠져 허덕이길 기다렸다."

얀키누스는 무너지지 않았다. 달군 부지깽이로 가랑이 사이를 지져도 신음만 할 뿐이었다.

"유릭, 너도 알지 않나? 우린 인간이어선 안 돼. ……결코 평범한 인간처럼 절망하고 슬퍼해선 안 되지. 우리 같은 위치에 있는 자들은 인간을 초월한 듯이 모든 면에서 달라야 한다. 그래야 사람들이 우러러보지. 마치 신의 선택을 받은 초인처럼 굴어야 돼. 설사 그 알맹이가 평범한 인간일지라도 말이야."

유릭이 너털웃음을 터뜨렸다.

"맞아, 가면을 오래 쓰다 보면 원래 자신조차 잊어버리지."

"나는 이미 가면을 쓰기 전에 나를 잊었다. 아니, 그게 처음부터 있었는지조차 의문이야. 나는 태어나면서부터 황제가 돼야 했지."

황제는 위대해야 한다. 사람들은 얀키누스에게 남다른 비범함을 당연한 듯이 요구했다. 조금만 실수를 해도 위대한 조부와 부친을 들먹이며 흠을 잡았다.

"그래서 불쌍히 여겨달라는 건가? 태어나면서부터 모든 걸 가진 자가 그런 말을 해봐야 누가 동정을 할까? 먹일 음식이 없어 갓 태어난 아이를 버려야 하는 사람들이 네 말을 들으면 얼마나 웃을까?"

유릭이 빈정거렸다. 하지만 그는 얀키누스의 마음을 이해했다. 높은 자리에 있는 자는 그에 걸맞은 품격을 강요받는다. 대족장 유릭은 어느 순간부터 유릭의 정체성보다 대족장의 의무를 우선해야 했다.

'나도 얀키누스도…… 그 의무에서 도망가지 않았다.'

유릭은 의무를 자신의 의지로 선택했고, 얀키누스는 태어나면서부터 부여받았다.

"전부 나가 있어."

유릭이 시중을 드는 하인들을 바깥으로 내보냈다. 식탁을 사이에 두고 유릭과 얀키누스만 남아 있었다.

끼익.

유릭은 식탁에 박힌 도끼를 뽑았다. 얀키누스의 눈동자가 도끼날을 따라 움직였다.

뿌득.

유릭이 이를 악물었다. 인정하기 싫었지만 그는 얀키누스에게 미미한 동질감을 느꼈다. 사미칸에게 느낀 애증과 비슷했다. 방식과 목적이 다를 뿐, 자신의 야망과 욕망을 추구하며 살아온 자들이었다.

가뭄으로 메마른 웅덩이의 물고기처럼, 그들은 끊임없이 몸부림치며 움직인다. 자신의 거친 몸짓 때문에 좁은 웅덩이가 흙탕물로 변하고, 그 흙탕물에 스스로 익사할지라도, 나아가길 멈추지 않는다. 힘차게 뛰어오른 그곳이 메마른 땅일지라도, 그들은 앉아서 죽음을 기다리지 않았다.

언제나 세상을 바꾸는 건 욕망에 미쳐 버린 인간들이다.

얀키누스의 야망 때문에 제국은 몰락했다. 그러나 얀키누스 덕분에 서부와 문명의 교류가 시작되었고, 새로운 시대가 열렸다.

"후우, 목에 힘을 빼. 한 번에 끝나지 않으면 엄청 아플 거야."

유릭이 숨을 가다듬으며 도끼를 든 팔을 뒤로 젖혔다. 사람의 목을 직접 베는 건 오랜만이었다.

얀키누스는 눈을 감으며 유릭의 처분을 기다렸다. 온갖 상념이 들었다. 그러나 곧 고요해졌다. 잡념이 하나의 점으로 모였다. 세상이 검었다가 밝게 변했다.

스륵.

놀랍도록 깔끔하게 머리가 미끄러져 내렸다.

얀키누스는 죽음을 선명하게 느꼈다. 머리가 떨어지고도 의식이 남아 있는 기괴한 경험이었다.

깜빡.

찰나에 불과했다. 그러나 얀키누스는 보았다.

'영악한 놈.'

승자가 유릭인 건 우연이 아니었다.

Chapter 7

유릭이 꾸벅꾸벅 졸다가 눈을 떴다.

파르르.

손에 들고 있던 낚싯대가 미미하게 떨렸다. 유릭은 하품을 하며 낚싯대를 잡아당겼다.

송사리 한 마리가 파닥거리며 끌려 나왔다.

"한 입 거리도 안 되겠네."

유릭은 낚싯바늘에 걸린 송사리를 흐르는 물에 던졌다. 그는 잠시 멍하니 강물을 바라봤다.

하멜에서 멀지 않은 강이었다. 유릭은 흄과 전사 몇 명만 데리고 이곳에 자주 왔다. 그는 낚시를 소일거리로 삼으며 하루하루를 보냈다.

우득, 우득.

유릭은 목을 좌우로 젖히며 몸을 풀었다. 그의 옆에 물이 담긴 바구니가 있었는데, 유릭의 어설픈 솜씨에 낚인 물고기 두 마리만이 헤엄을 치고 있었다.

"일어나 봐, 흄. 말동무나 해달라고."

낚싯대를 다시 던진 유릭이 흄을 깨웠다. 나무에 기대앉아 잠자던 흄이 눈을 떴다.

"하암, 좀 잤습니까? 슬슬 돌아가지요."

"기다려 봐, 오늘 월척을 낚을 것 같은 느낌이 든다니까."

유릭은 가져온 포도주를 마시며 웃었다.

'하멜을 정복하고 나서 하는 일이란 게 낚시라니……'

흄조차 유릭의 행동에 의문이 들 때가 한두 번이 아니었다. 하물며 전사들은 말할 것도 없었다.

전사들은 유릭을 찾아와서 군사행동을 종용했으나 유릭은 그저 고개를 저을 뿐이었다.

'오천의 전사들이 하릴없이 놀고 있다.'

정착하고 싶은 이들과 고향을 그리워하는 자들은 모두 떠났다. 남은 오천의 전사는 유릭과 함께 영광을 누리고픈 자들이었다. 그들은 피에 취해 날뛰던 시절을 그리워했다.

"순수한 전사들만 내 곁에 남았군."

유릭은 자신의 딱딱한 손바닥을 바라봤다. 맨손으로 사람을 때려죽일 정도로 강인한 손이었다. 유릭 또한 전사였다. 그렇기에 남은 전사들의 마음을 잘 알고 있었다.

'순수한 전사들은 안주하지 않아. 끊임없이 싸우고 정복하려고 하지.'

사람은 만족하는 순간 멈추고 만다. 굶주린 짐승만이 사냥을 나서듯, 욕망을 채우지 못한 인간만이 앞으로 나아간다.

'전사로 크고 자라난 자들이 싸움을 갈망하는 게 잘못된 건 아니지.'

유릭은 흐르는 강물을 바라봤다. 흐름을 거스르는 물고기가 있었고, 흐름에 순응해 몸을 맡기는 물고기도 있었다.

명백한 악과 선은 현실에 존재하지 않았다. 각자의 목표가 충돌하면, 그저 상대가 잘못됐다고 손가락질할 뿐이다. 야만과 문명의 삶도 마찬가지였다. 다들 주어진 환경에 최선을 다해 살아갈 뿐이다. 문명이 옳고, 야만이 그릇된 것도 아니었다.

간단한 이치였지만 사람들은 그 사실을 외면한다. 스스로가 옳고 상대가 나쁘다고 말하지 않으면 거친 세상을 살아갈 수 없기 때문이다. 누구나 자신이 가장 정당하다고 생각한다.

'바샤의 복수는 정당했다. 흄의 복수도 정당하지.'

그리고 유릭도 자신의 행동이 잘못됐다고 생각하지 않았다. 고향의 동포를 구하려면 문명세계를 힘으로 뒤집는 수밖에 없었다. 죄 없는 자들이 고통을 받아도 어쩔 수 없었다. 문명인들이 고통받지 않으면, 고향의 형제들이 대신 고통을 받게 된다.

'모두가 만족하는 완벽한 세상은 없다.'

절대적으로 옳은 선이 있다면 세상살이는 참으로 쉬울 터다. 무엇이 옳고 그른지 고민할 이유도 없다.

그러나 세상은 모순덩어리다. 옳고 그름은 시시각각 바뀐다.

북부의 울가로를 문명에 대입하면 그저 약탈과 파괴밖에 모르는 악이었고, 태양신 루를 야만세계에 데려오면 유약한 먹잇감일 뿐이다.

'단 하나 분명한 것은……'

유릭이 자신의 심장을 매만졌다.

'이렇게 불명확한 세상에서 나는 내가 믿는 걸 해야 한다는 거지.'

자신의 선이 타인의 악이 될까 봐 두려워한다면 아무것도 하지 못한다. 어중간하게 이타적인 삶은 겁쟁이들이나 선택한다. 그들은 이타적인 게 아니라 타인의 평가를 두려워할 뿐이다.

유릭은 낚싯대를 당겼다. 물고기는 잡히지 않았다.

"또 허탕이네요. 월척이 잡힐 것 같다면서요?"

흄은 빨리 돌아가고 싶은지 빈정거렸다.

"월척이 왔군."

유릭이 빈 낚싯바늘을 보며 중얼거렸다. 그의 귀가 짐승처럼 쫑긋 움직였다.

팅.

활시위 소리가 들렸다. 화살이 날아온다.

유릭은 고개를 젖히며 화살을 피했다. 그의 입술이 씰룩거
렸다.

어느 순간부터 호위로 따라온 전사들도 보이지 않았다.

"저, 적입니다!"

흄이 당황하며 외쳤다. 그는 고개를 숙이며 주변을 두리번
거렸다.

"내가 말했잖아, 오늘은 월척을 잡을 것 같다고."

유릭이 웃으면서 수풀을 주시했다.

"거기 대족장 계시오!"

호탕한 목소리였다.

"여기 있지."

유릭이 대답하며 팔짱을 꼈다. 수풀에서 서성거리며 전사
세 명이 걸어 나왔다.

"천하의 유릭이 화살에 맞아 죽었으면 시시할 뻔했소."

전사가 웃으며 활을 집어 던졌다.

"살살 쏴준 덕분에 피했어."

유릭의 농에 전사들이 웃었다. 그들은 부족장이나 전사장
이었던 자들이었다. 모두가 정착하거나 귀환하는 와중에도 군

대의 자리를 지켰다.

'언젠가는 대족장이 다시 일어나 전쟁을 시작할 거라 믿었다.'

하반신 불구라도 문명세계에는 탈것이 있었다. 지휘라면 얼마든지 할 수 있다. 지금까지 남아 있는 자들은 어찌 보면 그 누구보다 유릭을 믿었던 자들이었다.

전사 셋이 다가왔다.

유릭의 옆에 있던 흄은 움찔하며 뒷걸음질 쳤다. 그는 유릭의 호위도 아니었고, 진짜 전사들을 상대로 싸워 이길 힘도 없었다.

'암살.'

전사들이 유릭을 죽이러 온 게 분명했다. 유릭을 향한 불만이 쌓이다가 드디어 터진 셈이었다.

"몇 명이나 동의했지? 내 후계는?"

유릭은 바구니에 담긴 물고기를 붙잡아 들어 올리며 말했다. 그는 살아 있는 물고기의 살을 으적으적 씹어 먹었다. 산 채로 잡아먹히는 물고기가 꼬리를 좌우로 흔들며 유릭의 뺨을 쳤다.

"그건 중요하지 않소. 대족장이 죽으면 우리 중 누군가가 그 자리를 이어받겠지. 우린 전쟁을 계속할 거요."

"언제나 승리하는 군대는 없어. 적당히 멈출 줄도 알아야지."

유릭은 반쯤 파먹은 물고기를 강물로 던졌다. 물고기의 피가 물길을 따라 퍼지다가 흐려졌다.

"대족장께선 멈출 때인 것 같지만, 우린 아니오."

전사들이 무기를 들어 올렸다. 유릭은 가만히 그들을 쳐다 봤다.

"고작 세 명이서 날 죽이러 온 건가?"

"불구를 상대로는 세 명도 과하지."

"나도 참 우습게 보인 모양이로군."

유릭이 어깨를 들썩이며 웃었다. 유릭의 뒤에 있던 흄은 두 려움에 떨었다.

'바샤를 죽인 내 죗값을 오늘 치르겠군.'

유릭이 죽으면 흄도 죽는다. 전사들이 목격자를 살려둘 리 가 없다.

"오늘 대족장께선 행방불명이 되는 거요. 드디어 자리를 뜨 는 거지."

유릭은 연맹에서 신적인 존재다. 연맹에서 추종하는 자들이 수두룩하다. 사미칸 때와는 비교도 되지 않았다. 아무리 명망 높은 전사라도 유릭을 죽이고 대족장 자리를 얻는다면, 얼마 지나지 않아 누군가에게 복수를 당할 게 분명했다. 가장 이상 적인 방법은 유릭을 암살해 행방불명으로 위장하는 것.

"내가 적당히 후계자를 정하고 물러났다면 이런 일도 없었 겠지."

유릭이 중얼거리며 도끼를 잡았다.

"그걸 알면서도 왜 버틴 거요? 우리도 이러고 싶진 않았소. 당신은 위대한 전사지. 지금이라도 전쟁을 택한다면 우린 목숨을 바쳐 당신 옆에서 싸울 거요."

유릭은 가방을 뒤적이더니 도끼 하나를 더 꺼냈다. 그는 양손에 도끼를 하나씩 잡았다.

'쌍수도끼?'

눈치가 빠른 전사가 뭔가 이상함을 느꼈다. 전사라면 어딜가도 도끼 하나 정도는 들고 다녀도 이상하지 않다. 그러나 도끼 두 자루를 들고 낚시를 오는 건 이상했다.

"나 바위도끼의 유릭은 내 형제자매들을 문명인의 탐욕으로부터 구했다. 내 입으로 이런 말 하긴 뭐하지만, 자랑스러운 일이지. 힘들고 고됐지만 그만한 가치가 있는 일이었어."

유릭이 도끼 두 자루를 손아귀에서 빙빙 돌렸다. 그가 도끼 던지기의 달인이라는 걸 모르는 전사는 없다. 전사들은 경계하며 쉽게 다가오지 않았다.

유릭은 전투를 앞두고 눈을 감았다가 떴다.

'몇 번이고 내 선택을 후회했지만……'

하지만 유릭은 해냈다. 다시 과거로 돌아갈 수 있다 해도 똑같은 선택을 할 터다. 그게 옳은 일이라고 스스로 믿기 때문이다.

유릭은 고향의 동포를 사랑했다. 그들은 유릭의 형제들이었다.

"……그러나 이번에는 야만의 폭력으로부터 문명인을 구하겠다."

야만인 유릭은 문명을 동경했다. 그 마음은 지금도 변하지 않았다.

전사들의 눈동자가 커지더니 증오로 일그러졌다. 오히려 대족장을 암살하러 온 자신들이 더 큰 배신감을 느꼈다.

"대조오오옥자아앙-!!"

유릭의 입에서 나오면 안 될 발언이 나왔다. 연맹의 전사들이 애써 외면하던 진실이었다.

'유릭은 형제들보다 문명인을 더 가까이 뒀다.'

어느 순간부터 유릭의 최측근들은 언제나 문명인이었다. 쌓여온 불만이 유릭의 한마디로 폭발했다.

전사 한 명이 도끼를 들곤 먼저 달려들었다. 그는 팔다리 한쪽이 날아갈 걸 각오했다. 마치 곰이 달려오는 듯한 위세였다.

'아무리 하늘이 내리고 땅이 낳은 전사라지만……!'

전사는 승리를 확신했다. 상대는 불구였다.

유릭과 전사는 교차했다. 살이 잘리고 뼈가 끊어지는 소리가 났다.

전사들은 물론이고 흄조차 말이 나오지 않아서 어버버했다.

"지난 반년간 가장 힘들었던 일은……."

유릭은 도끼에 묻은 피를 바지에 비벼 쓱쓱 닦았다. 떨어진 건 달려든 전사의 머리였다.

"매일 저녁마다 주치의가 내 발바닥을 간지럽히는 걸 참는 일이었지."

유릭이 절뚝거렸다. 걸음걸이는 다소 불편해 보였지만 두 다리로 벌떡 서 있었다. 그는 경쾌하게 전신의 힘을 실어 전사의 목을 베었다. 그 모습을 이 자리의 모두가 보았다.

"대, 대족장!"

전사들이 경악하며 말을 잇지 못했다.

항상 곁에 있던 흄조차 유릭의 다리 상태를 모르고 있었다. 유릭은 무려 반년이나 자신의 다리 상태를 남들에게 숨기고 있었다.

'자신의 군대가 자연스레 해체되길 기다린 건가……'

처음부터 다리가 쉽게 움직인 건 아니었다. 지난 반년 동안 유릭은 남들의 눈을 피해 재활훈련을 했다. 두 다리로 설 수 있게 된 건 고작해야 서너 주 전부터였다.

"와라, 형제들아. 가지고 싶은 게 있으면 힘으로 쟁취해야지!"

유릭이 고함을 지르며 자세를 바로잡았다.

전사들의 표정이 미묘했다. 배신감에 치가 떨리면서도 위대한 전사의 재기가 반가웠다. 기쁨과 분노가 뒤섞였다.

"왜 우리를 다시 이끌지 않는 거요, 어째서……."

"아까 말했잖아, 이번에는 문명인을 지킬 생각이라고."

"그걸 이해할 수 없단 말이오! 대족장-!!"

유릭은 고함을 지르는 전사의 머리를 향해 도끼를 던졌다. 매서운 도끼가 날아가더니 전사의 어깨를 찍었다.

"카아악!"

전사가 비명을 질렀다. 머리통이 깨지는 건 피했지만, 어깨에 박힌 도끼는 뼈까지 부수며 깊게 들어가 있었다.

"미안하다. 하지만 너희들의 이해를 받을 생각은 없어. 이건 내 인생이다. 나만 납득하면 돼."

누가 나쁘고 옳고 할 여지가 없었다. 전사들이 유릭에게 실망한 것도 이유가 있었고, 유릭 또한 전사들의 기대를 배신할 만한 까닭이 있었다.

인생은 타인과의 충돌, 그 연속이다. 더 뿌리 깊고 단단한 자만이 자신의 뜻을 이룬다.

전사가 분노가 서린 칼날을 휘둘렀다.

유릭은 칼날의 궤도를 읽으며 상체를 숙였다. 칼날이 머리카락을 스친다. 쩌릿하다. 전장의 감각이 깨어나고, 전율이 질주하며 피부의 솜털까지 치닫는다.

좌악!

유릭은 도끼를 휘둘러서 전사의 발목을 베었다. 발목이 잘린 전사가 옆으로 무너지듯 넘어졌다.

콰직!

재차 뛰어오른 유릭은 몸무게를 실어서 넘어진 전사의 머리를 무릎으로 찍었다. 전사의 두개골이 부서지며 움푹 들어갔다.

남은 전사는 하나였다. 그는 유릭이 자세를 바로잡기 전에 공격할 생각으로 달려오고 있었다. 다리가 아직 불편한 유릭은 일어서는 게 늦었다.

유릭이 손에 쥐고 있던 도끼를 던졌다. 전사는 예상했다는 듯이 칼을 들어서 방어를 했다.

캉!

유릭의 도끼가 옆으로 튕겨 나갔다. 빈손이 된 유릭은 죽은 전사가 들고 있던 칼을 붙잡아서 휘둘렀다.

"오 오 오 오!"

유릭이 고함을 질렀다. 팔에 힘줄이 돋아나며 근육이 부풀었다.

콰득!

유릭이 휘두른 칼은 마치 망치 같았다. 제국강철검이 아니라면 칼날이 버티지 못할 정도였다.

전사는 방어는 했지만, 유릭의 힘 때문에 칼날이 밀렸다. 그의 근육질 가슴에 핏줄기가 길게 났다. 핏줄기는 점점 굵어지더니 상하로 찌억 갈라졌다. 핏물이 폭포처럼 가슴을 타고 흘러내렸다.

"커억."

전사가 가슴을 붙잡으며 뒤로 물러났다. 상처는 죽음에 이를 정도로 깊었다.

"여전히 대단하오, 대족장."

유릭은 쓰게 웃었다. 그가 방금 죽인 전사들도 유릭의 형제다.

"미안하게 됐어."

유릭이 칼을 빙글빙글 돌리며 최후의 일격을 준비했다.

"사과할 거면 애초에 저지르지 말아야지, 큭큭. 이유야 어쨌든 우린 대족장을 죽이려고 했지. 미안해할 것도 없소."

유릭은 한 발자국 내디디며 칼을 크게 휘둘렀다. 전사의 목이 깔끔하게 떨어졌다.

유릭의 샛노란 눈동자가 빛났다. 그는 죽은 전사들의 시체를 바라봤다.

감정이 출렁이며 콧잔등과 눈시울이 저릿저릿했다. 많은 걸 보고 들어도 세상은 여전히 어려웠다. 이게 최선일까? 몇 번이고 생각해도 확신은 없었다. 유릭은 불안감을 끌어안고 힘겹게 한 발 내디뎠을 뿐.

한참이나 시체를 바라보던 유릭은 무릎을 잡으며 일어섰다.

"흄, 가자."

"네, 네?"

깜짝 놀란 흄이 얼떨결에 대답했다.

"여기 남아 있으면 넌 죽어."

그 말을 들은 흄은 유릭의 뒤를 허겁지겁 따라왔다.

"어, 어디로 갑니까?"

"처음에는 남쪽으로……."

유릭이 말꼬리를 끌며 한 바퀴 크게 주변을 둘러봤다. 남쪽을 훑던 눈동자가 마지막에 이르러선 동쪽으로 향했다.

"그리고 나중에는 동쪽으로."

유릭은 걷는다.

에필로그

"포를카나 만세! 바르카 왕 만세!"

어디서나 백성의 칭송이 들렸다.

삼촌은 훌륭한 왕이었다. 대왕이라는 칭호가 사후에 붙을 게 확실했다.

위대한 삼촌을 둔 루얀은 부두에 서서 해안을 바라봤다. 포를카나 왕국의 해양산업은 나날이 커져만 갔다. 항해기술이 비약적으로 발달하면서 해안선을 따라 교역이 활발했다. 북부까지 오가는 뱃길은 육로와 비교도 되지 않을 정도로 빨랐다.

루얀은 멍하니 수평선을 바라봤다. 끝이 보이지 않는 바다를 볼 때마다 괜스레 가슴이 부풀어 올랐다.

'삼촌은 동대륙이 있을 거라 확신하고 있어.'

바르카 바누 포를카나는 루얀의 숙부다. 바르카 왕에게는 수많은 전설적인 일화가 있으며, 소왕국인 포를카나를 손에 꼽히는 강대국으로 만든 위대한 왕이었다.

루얀은 그런 삼촌을 존경했다. 포를카나는 그 어느 때보다 번성하고 있었다.

"루얀, 여기 있었군요."

인파를 헤치고 사제복을 입은 사내가 걸어왔다. 부드러운 인상의 사내였다.

"아, 스승님."

루얀의 스승은 고트발이었다. 루얀의 교육을 도맡았으며 아버지 같은 존재이기도 했다.

루얀에게는 두 명의 아버지가 있었다. 고트발과 바르카, 루얀은 그 두 사람을 진심으로 사랑했다.

루얀은 나무상자 위의 먼지를 털며 고트발이 앉을 자리를 만들었다.

'정말 바르게 컸군.'

고트발은 부두에 서 있는 루얀을 보며 웃었다. 아명은 살론이었으나, 지금은 루얀이라는 이름을 받았다. 루얀은 루의 사람이라는 뜻이었다. 그 이름이 어울릴 정도로 루얀은 독실한 청년으로 자랐다.

"부두에 볼일이 있으셨습니까? 루얀"

고트발이 루얀에게 물었다.

루얀은 웃으며 배를 바라봤다. 대양항해를 위한 대형범선이 부두에 정박해 있었다.

"필리온호로군요."

고트발도 대형범선을 응시했다. 포를카나는 대양탐사에 많은 노력을 기울이고 있었다.

'동대륙의 실체도 서서히 확신에 가까워지고 있지.'

북부왕국과 적극적으로 교류하면서 동대륙에 대한 연구가 많이 진척됐다. 구전과 유물로 보자면 동대륙은 부정하기 힘든 사실이었다.

"필리온호가 출항을 앞두고 있죠."

루얀은 바삐 움직이는 선원들을 바라봤다.

고트발은 루얀의 눈빛을 읽곤 한숨을 쉬었다.

"전하께선 허락하지 않을 겁니다. 후계자를 위험한 바다로 내몰 순 없으니까요."

루얀은 바르카의 뒤를 이을 가능성이 높았다. 바르카에겐 딸만 둘이었고 아들은 없었다.

"데릴사위라도 들이면 되죠."

"누가 와도 당신보다 못할 겁니다."

"절 너무 과대평가하시는군요, 스승님."

"과대평가가 아닙니다. 제가 직접 가르쳤는걸요."

고트발이 소리 내어 웃었다.

'유릭의 아들.'

루얀의 부친을 아는 사람은 몇 없다. 문명의 맹주인 제국을 무너뜨린 야만인 사내, 그 피가 루얀의 몸에 흐르고 있었다.

'하지만 학자로 자랐지.'

루얀은 건장한 체구였으나 유릭처럼 우락부락하진 않았다. 그는 책을 가까이했고, 학문적 호기심이 풍부했다.

"사람들이 많이 모였군요."

항구는 사람들도 붐볐다. 각지에서 사람들이 찾아왔다. 대형범선 필리온호의 출항을 보기 위해 몰려든 귀족들도 있었다.

루얀은 눈을 흘기며 낯선 이들을 쳐다봤다. 저들 중에는 타국의 첩자도 있을 터다.

"우리가 실패하길 바라는 자들도 많겠지요."

루얀이 중얼거렸다. 포를카나의 동대륙 탐사를 지켜보는 눈이 많았다.

"무리한 국책사업을 벌이다가 제국이 몰락한 게 불과 십여 년 전의 일이니까요."

"우린 정복이 아니라 탐사를 하는 거죠. 제국의 어리석음을 답보하지 않을 겁니다."

서부정복사업은 제국의 몰락을 불러왔다. 벌집을 쑤신 격이었다. 생각보다 강인했던 서부인들은 부족연맹을 꾸려서 제국과 싸웠다. 포를카나도 독립을 위해 연맹과 동맹을 맺어 제국을 무너뜨렸다.

포를카나는 제국의 부와 선진기술을 흡수했고, 바르카의 통치 아래에 큰 발전을 이룩했다. 포를카나의 전성기라 해도 과언이 아니었다.

"고트발 님! 전하께서 부르십니다!"

멀리서 병사가 손을 흔들며 외쳤다. 고트발은 고개를 끄덕이며 왕궁으로 향했다.

다시 혼자 남은 루얀은 부두를 바라봤다. 한쪽에서는 선원을 뽑고 있었다. 동대륙 탐사는 무척이나 위험했고, 다시 돌아오지 못할 가능성이 높았다. 그러나 높은 보수와 동대륙 탐사라는 목적은 많은 뱃사람의 가슴을 두드렸다.

배 좀 탄다는 사내들이 포를카나로 몰려왔다. 그들 중에는 선조의 뱃길을 따라가기 위해 온 북부인도 있었다. 북부인 중에서는 유능한 뱃사람이 많아서 포를카나에서도 적극적으로 기용했다.

'전설이 사실이라면 북부인은 동대륙 항해에 성공했다.'

실제로도 대형범선의 재료는 북부의 목재였다. 북부의 목재는 살이 단단하고 물에 강해서 배로 만들기 좋았다.

'동대륙이 전설이 된 건…… 당시에도 항해가 쉽지 않아서 점점 교류가 뜸해진 거겠지. 그러다 보니 항로도 잊어먹었을

거고.'

루얀은 턱을 매만지며 생각했다. 그의 청록색 눈동자는 깊고 날카로웠다.

"오오오오오! 저거 봐봐!"

선원모집이 한창인 곳에서 고함이 크게 퍼졌다.

루얀도 소란을 듣고 인파를 헤치며 지나갔다. 몇몇 사람들이 루얀을 알아보곤 고개를 숙였다.

"도대체 상자 몇 개나 들고 옮기는 거야?"

사람들이 연신 감탄했다. 루얀도 그들의 시선을 따라갔다.

"으라차차아아-!!"

수염과 머리를 지저분하게 기른 사내가 상자를 세 개나 쌓아서 들고 있었다. 살이 드러나지 않은 옷을 입었는데도, 근육이 어찌나 큰지 그 윤곽이 두드러질 정도였다.

"하, 합격!"

선언이 떨어지자마자 사내가 상자를 내려놓았다. 그는 가뿐하다는 듯이 손바닥을 털며 엄지를 치켜세웠다.

"잘 생각했어, 형씨. 나만 한 장사를 어디서 얻겠어?"

사내가 넉살 좋게 모집관의 어깨를 툭툭 두드렸다. 모집관이 얼이 빠진 표정으로 사내를 쳐다봤다.

"이름은?"

"유, 아니, 킬리오스."

"킬리오스, 알겠소. 이 증명패를 받고 내일 다시 찾아오시오."

모집관이 나무패를 넘기며 말했다.

킬리오스는 고개를 끄덕이곤 성큼성큼 인파를 헤치고 갔다. 그는 문득 인파에 섞인 루얀을 바라봤다.

'날 보고 있어.'

루얀도 지지 않고 킬리오스를 바라봤다. 킬리오스의 덥수룩한 머리카락 밑으로 샛노란 광채가 빛났다.

"흠."

킬리오스가 루얀을 한참이나 보다가 헛기침을 하며 사라졌다.

'왜 날 본 거지?'

루얀은 킬리오스라는 사내에 대해 궁금했다. 그는 몸을 추스르며 킬리오스를 쫓아갔다. 골목길이 복잡해지면서 인기척이 드물었다.

'어디 갔지?'

루얀은 킬리오스의 흔적을 놓쳤다. 골목길 모퉁이를 꺾는가 싶더니 흔적도 없이 사라졌다.

"어이, 형씨. 도둑고양이처럼 살금살금 잘도 따리오디군."

루얀은 그 목소리를 듣는 순간 소름이 돋았다. 킬리오스는 루얀의 뒤에서 모습을 드러냈다.

"실례했습니다. 나쁜 의도가 있는 건 아니었습니다."

루얀은 순순히 사과부터 했다. 킬리오스는 수염과 머리카락 때문에 이목구비조차 보이지 않을 정도였다.

'킬리오스는 야만인이겠지.'

루안은 킬리오스가 야만인이라 생각했다. 아마도 동대륙 탐사를 듣고 찾아온 북부인일 가능성이 높았다.

"위험한 사람을 발견했을 땐 혼자서 따라오면 안 돼. 죽을 수도 있어."

킬리오스가 단도를 뽑더니 손아귀에서 이리저리 흔들었다. 단도가 여러 개로 보일 정도로 빠른 움직임이었다.

루안은 움찔하며 뒷걸음질 쳤다. 식은땀이 줄줄 흘러내렸다. 그는 자신이 얼마나 어리석은 짓을 했는지 자각했다.

킬리오스는 루안의 반응을 보며 낄낄 웃었다. 나이가 제법 있는데도 소년처럼 명랑한 웃음이었다.

"포를카나의 왕족 나리께서 나 같은 사람에게 무슨 볼일이지?"

루안의 눈동자가 커졌다.

"제가 누군지 아십니까?"

"외투를 고정한 단추에 포를카나 왕가의 상징이 세공되어 있잖아. 청어와 낚싯배."

킬리오스가 루안의 단추를 손가락으로 꾹꾹 눌렀다.

'멀리서 단추의 세공을 알아본 건가……. 대단한 눈썰미로군.'

루안은 뒷머리를 머쓱하게 긁으며 웃었다.

"저를 한참이나 쳐다보던 이유가 궁금했습니다."

"포를카나 왕족이라서 쳐다본 것뿐이야."

킬리오스가 아무렇게나 자란 턱수염을 매만지며 루얀의 주변을 한 바퀴 돌았다. 그의 눈동자가 루얀을 꼼꼼히 살폈다.

'내가 왕족이라는 걸 알면서 이런 태도는 도대체……'

루얀은 킬리오스 행동이 낯설었다. 왕족 앞에서는 모두가 조심한다. 특히나 포를카나는 그 위세가 대단한 왕가였다.

덥썩.

킬리오스가 루얀의 손을 잡더니 손바닥을 쳐다봤다. 나아가 루얀의 몸을 검사하듯 팔까지 툭툭 매만졌다.

"곱게 자라서 굳은살은 칼 몇 번 잡아본 게 전부로군. 덩치는 다부진 것 같지만 그냥 타고난 것뿐. 단련하지 않아서 살이 물렁물렁해. 사람을 벤 적은 있나?"

"어, 없습니다."

루얀은 킬리오스의 박력에 질려 대답했다.

"다 큰 어른이 되도록 사람도 벤 적이 없어? 나 원, 문명인이란……."

킬리오스가 혀를 차며 루얀의 어깨를 툭툭 두드렸다.

"별일 아니라면 이만 가 보겠습니다."

루얀은 인사를 하고 자리를 벗어나려고 했다.

"고트발에게 교육을 굉장히 잘 받았군. 나 같은 사람에게도 인사를 하다니 말이야."

킬리오스가 중얼거렸다. 고트발의 이름을 들은 루얀의 눈동자가 커졌다.

"당신…… 누구입니까?"

"지나가는 사람이지."

"농담 마십쇼."

루얀은 잔뜩 경계했다. 어쩌면 눈앞의 사내가 타국의 첩자일지도 모른다.

스륵.

루얀이 칼자루를 잡았다.

"큭큭, 솜씨 좀 보자고!"

킬리오스가 허리춤을 뒤지더니 도끼를 뽑아 들었다.

키잉!

루얀도 망설이지 않고 칼을 뽑았다. 실전경험은 없었지만 왕족답게 기본적인 검술교양은 있었다.

카앙!

킬리오스가 도끼날로 루얀의 칼날을 걸어서 내려쳤다.

'엄청난 힘!'

루얀의 몸이 칼에 이끌리듯 기우뚱했다. 그의 몸은 균형을 잃었다.

콰직!

킬리오스는 앞발로 루얀의 몸을 걸어찼다. 밀려난 루얀이 뒷골목 쓰레기들 더미에 처박혔다.

"그렇게 편하게 누워 있으면 죽어! 일어나!"

킬리오스가 소리를 지르며 달려들었다. 루얀은 가까스로 칼을 들고 옆으로 굴렀다.

"후웁!"

루얀의 감각이 예리해졌다. 그는 킬리오스의 움직임을 냉정하게 관찰했다.

카앙!

다시 무기가 부딪힌다. 킬리오스는 번번이 밀려났다.

"발도 같이 써라! 움직여!"

킬리오스가 그리 외치며 루얀의 발의 밟았다. 루얀은 그대로 발이 묶였고, 킬리오스는 팔꿈치를 크게 휘둘렀다.

퍽!

킬리오스의 팔꿈치가 루얀의 얼굴을 가격했다.

루얀은 입안에 고인 피를 바닥에 뱉었다.

"이 새끼가……."

피를 본 루얀의 입에서 험악한 말이 나왔다. 청록색 눈동자가 시퍼렇게 빛났다.

"이 새끼가? 내가 살아도 너보다 두 배는 더 살았을 거다! 니 애비가 누군지 얼굴이나 보고 싶군!"

킬리오스가 루얀의 가슴을 걷어찼다. 루얀은 숨이 막혀서 콜록콜록 기침을 했다.

'호위를 항상 달고 다니라는 고트발과 삼촌의 말을 무시한 내 어리석음의 대가로군……'

정신이 없었다. 상황이 왜 이렇게 됐는지 이해조차 가지 않았다. 그는 힘겹게 말을 내뱉었다.

"날 죽이러 온 건가?"

킬리오스가 도끼를 빙글빙글 돌리며 웃기만 했다. 그는 루안의 손을 짓밟으며 칼을 뺏었다.

"이야, 좋은 칼을 쓰는데? 내가 가져도 돼?"

킬리오스는 루안의 대답을 듣지도 않고 칼을 챙겼다.

루안의 심장이 두근두근 뛰었다. 생사의 경계에 서본 적은 처음이었다.

'내일이 있다는 게 당연하다고 생각했다.'

하지만 당연한 게 아니었다. 사람은 언제 죽을지 모른다. 죽음의 그림자가 등 뒤까지 엄습했다. 왕족이라는 지위조차 죽음 앞에서는 아무것도 아니었다.

킬리오스는 루안의 눈을 빤히 쳐다봤다.

"목숨이 오가는 싸움은 처음인가 보군. 처음치고는 몸놀림이 나쁘지 않았어. 그건 칭찬할 만해."

킬리오스가 팔을 길게 뻗어서 도끼를 휘둘렀다.

콰직!

킬리오스의 도끼가 루얀의 가랑이 사이에 꽂혔다. 루얀은 오줌을 찔끔 지렸다. 다행히 도끼는 땅바닥에 꽂혔다.

"좋은 경험이 되었을 거다. 오늘 느낀 두려움이 훗날 널 구해주겠지."

킬리오스는 루얀을 죽일 생각이 없었는지 무기를 다시 집어넣었다.

"왕족에게 이런 짓을 하고도 무사할 거라 생각하십니까?"

"난 내일도 부두에 나와 있을 거다. 억울하면 기사들이라도 이끌고 와. 자, 어서 계집애처럼 얼른 가서 일러바치라고."

루얀의 얼굴이 벌겋게 달아올랐다.

킬리오스는 어깨를 들썩이며 웃었다. 그가 등을 보이며 골목길을 걸어 나갔다.

유릭은 바다를 본다. 파도가 출렁일 때마다 비린내가 코끝에 닿았다.

"세상의 끝."

유릭이 중얼거리며 돌멩이를 수면 위로 던졌다.

'이제는 아무도 세상의 끝을 믿지 않아.'

사람들은 바닷물이 떨어지는 절벽 대신에 동대륙이 있을

거라 믿었다. 불과 이십여 년 사이에 사람들의 세계관이 바뀌었다.

인간은 무지의 어둠을 밝혔고, 세상은 커져만 간다.

댕! 댕!

약속된 시간이 되자 종이 울렸다. 선원 모집관들이 말에서 내리며 예비선원들을 불러모았다. 유릭도 예비선원이기에 그쪽으로 걸어갔다.

동대륙 탐사를 위한 선원을 뽑느라 관료들이 바쁘게 움직였다. 그중에서 유릭을 알아본 모집관이 삿대질을 했다.

"그 수염과 머리카락을 깎는 게 좋을 거요, 킬리오스."

"출발하기 전에 깎을 거야."

"일단 이리 오시오. 몇 가지 물어볼 거요."

유릭은 대단한 장사였다. 힘쓸 일이 많은 선상생활에서 꼭 필요한 재능이다. 모집관은 유릭을 선원으로 뽑을 생각이었지만, 의례적으로 몇 가지 질문을 던졌다.

"출신지는?"

"북부 아르야나."

"뱃일 경력은?"

"해본 적 없어."

그 말을 들은 모집관은 인상을 찌푸렸다.

'제정신인 건가? 노련한 뱃사람도 골라서 뽑고 있는데……

경력도 없는 놈이?'

뽑으려던 마음이 싹 사라졌다.

"그럼 자네를 뽑지 않겠네."

"잘할 자신이 있어."

"자신감만으로 부족해. 포를카나 탐험대에게 필요한 건 노련한 선원이지."

"난 솔직히 말했는데 이러면 안 되지, 이 양반아."

유력의 목청이 높아졌다.

척.

호위병들이 한 걸음 앞으로 나오더니 칼자루에 손을 가져갔다.

"난동을 피우면 쓴맛을 볼 거네, 킬리오스."

"난동 피울 생각은 없어. 다시 한번 생각해 보라는 거지. 이래 봬도 배우는 게 빠르거든. 금방 잘 적응할 거야."

"병사!"

모집관이 소리를 질렀다. 병사들이 칼을 뽑으며 성큼성큼 다가왔다.

"당장 꺼지시오. 당신과 장난칠 시간은 없소."

병사가 으름장을 놓았다.

당장에라도 싸움이 일어날 분위기였다. 유력은 찬찬히 병사들을 둘러봤다.

'싸우려고 온 건 아닌데.'

유릭은 순수하게 배를 타고 싶었을 뿐이다. 그는 머리를 벅벅 긁으며 자리에서 일어섰다.

"……선원이 아니면 병사로 배에 타면 어때? 여기 세 명을 때려눕히면 병사 자격으로 배에 태워줘."

"헛소리 집어치우시오!"

유릭이 손가락을 하나씩 접으며 주먹을 쥐었다. 그는 한숨을 쉬며 눈을 위로 들었다. 저 멀리 포를카나의 왕궁이 보였다. 바르카에게 말만 한다면 배에 쉽게 탈 수 있었다.

'내가 살아 있다는 걸 알리면 안 돼.'

유릭은 지난 십여 년간 남부를 떠돌며 생활했다. 그가 자리를 비운 동안 많은 일이 있었다.

유릭이 사라진 연맹은 서서히 중심을 잃고 흔들렸다. 각 부족장은 자신의 군대를 이끌고 독립을 선언했다. 하지만 사미칸과 유릭이 닦아둔 연맹과 민족이라는 의식은 남아 있어서, 서로를 도우며 동맹관계를 유지했다.

연맹의 이름을 계승한 건 예상대로 붉은모래의 벨루아였다. 서부 전체를 지배했던 연맹은 사라졌지만, 하늘산맥 부근의 부족들은 벨루아를 중심으로 연맹을 이뤘다.

문명인들은 서부의 부족들이 다시 연맹을 중심으로 뭉치는 걸 두려워했다. 문명세계에 깊게 새긴 공포 덕분에 서부인들은 성공적으로 문명세계에 정착했고, 여러 왕국이 다투는 와중에도 서부인들의 정착지는 번성했다.

'내 이름을 듣고 몰려올 놈들이 한둘이 아니야.'

유릭은 살아 있다는 것만으로도 재앙이 된다. 어떤 문명인들은 유릭이 하늘이 내린 재앙이라 믿고 있었다. 제국을 무너뜨리자마자 사라진 유릭은 신화적 존재로 남았다.

'내가 죽거나 사라지지 않으면 전쟁은 끝나지 않았겠지……'

유릭은 눈앞에 있는 병사들을 바라봤다.

"그럼 해보자고."

유릭이 팔을 크게 벌리며 허리춤에 있는 도끼를 뽑았다.

병사들이 움찔하며 다가오던 걸음을 멈췄다. 상대는 다수의 무장병사 앞에서도 주눅 들지 않는 야만인이었다.

'싸움에 능한 야만인이다.'

범상치 않은 위압감이 유릭의 몸에서 풍겼다. 병사들은 서로를 바라보며 눈치를 줬다. 먼저 다가가면 목이 날아갈 것만 같았다.

따각, 따각.

말굽소리가 들렸다. 유릭은 눈동자만 흘기며 옆을 바라봤다. 사나웠던 그의 표정에서 웃음이 흘러나왔다.

'정말로 왔군, 루얀.'

유릭이 터져 나오는 웃음을 참지 못했다. 그럴 자격은 없었지만 루얀을 보고 있자니 즐거웠다. 핏줄의 이끌림을 참기 힘들었다.

"그만."

포를카나의 후계자 루얀이 말을 탄 채로 말했다. 그는 모집관 뒤에서 유릭을 바라봤다.

"루, 루얀 도련님!"

모집관이 루얀을 알아보곤 소리를 내질렀다.

"이자는 상당한 괴짜지. 병사들을 물리게."

루얀은 말에서 내리며 앞으로 나섰다. 부두에는 어느새 사람들이 몰려들었다.

"하하, 왕족은 왕족이로군!"

유릭은 루얀의 말을 듣는 병사와 모집관의 꼴을 보며 웃었다. 신분의 위력은 여전히 대단했다.

유릭이 도끼를 든 손을 느슨하게 내렸다.

"어제는 신세를 졌습니다, 킬리오스."

"그런 신세라면 얼마든지 져도 돼. 그래, 누구한테 얻어맞은 걸 일렀지?"

"그런 짓은 하지 않습니다. 당신이 타국의 첩자였다면 벌써 저는 죽었겠지요."

루얀은 유릭을 적대하지 않았다.

"혼자 다니지 말라는 교훈을 준 거지."

유릭은 어깨를 으쓱하며 웃었다.

"저는 궁으로 돌아가 곰곰이 몇 가지 가설을 세워 당신이 누군지에 대해서 생각해 봤죠. 물론 혼자서는 무리이기에 스승님의 도움을 받았습니다."

"그래서? 결론에 도달했나?"

"물론입니다. 스승님께서 당신을 보고 싶어 하시더군요."

루안은 유릭의 이름을 읊조리지 않았다.

'저자가 스승님의 말대로 진짜 유릭이라면 살아 있다는 걸 알려선 안 돼.'

루안이 막 걸음마를 뗄 무렵에 제국은 멸망했다. 그 장본인이 바로 유릭이다.

유릭은 루안을 보며 머리를 긁적였다.

'영리하군. 단서 몇 가지만으로 하룻밤 사이에 내 이름을 알아냈어. 고트발은 내가 죽지 않았으면 언젠가 여길 찾아올 거라 생각했겠지.'

사람들이 웅성거리며 더 많이 모여들었다. 이목이 더 끌리기 전에 유릭은 루안을 따라 말에 탔다.

"당신이 정말로 그 사람이 맞습니까?"

루안이 간접적으로 물었다.

"그건 고트발이 증명해 주겠지."

"당신의 군대가 하멜을 침략해 제 어머니가 죽었습니다."

"원수라도 갚을 텐가?"

"하지만 당신은 삼촌의 든든한 우군입니다. 귀족사회에서 복수란 복잡한 이해관계가 얽혀 있지요."

루얀은 말과 달리 별다른 원한을 드러내지 않았다.

'어머니에 대한 기억도 거의 없다……. 소문이 좋은 분도 아니지.'

다미아는 루얀의 친모였으나, 루얀이 존경하는 바르카를 위협했던 정적이었다. 루얀은 항상 그런 모순을 안고 있었다.

끼이이익.

성문이 열리자마자 외팔이 사제가 뛰어왔다. 이제 나이가 먹어 수염이 거칠거칠한 고트발이었다.

"오랜만이로군."

유릭이 떨떠름하게 턱을 긁적이며 말했다.

고트발은 손을 뻗어 유릭의 앞머리를 뒤로 쓸어 넘겼다. 지저분한 머리카락 밑에서는 샛노란 눈동자가 반짝였다.

"유, 유릭! 루여, 맙소사!"

고트발은 자신도 모르게 소리를 내질렀다가 입을 가렸다.

루얀은 눈을 흘겨서 고트발과 유릭을 바라봤다. 고트발은 가족을 만난 듯이 유릭을 반기며 얼싸안았다.

"이렇게 두 다리로 멀쩡하게 서 있는 당신을 보게 될 줄이야! 이럴 게 아니라, 빨리 들어오시죠."

루얀은 기뻐하는 고트발을 보니 잘했다는 생각이 들었다.

'어찌 됐건 이 사람은 스승님께 중요한 사람인가 보군.'

루얀도 고트발과 유릭을 따라 안으로 들어갔다. 고트발의 개인응접실은 검소했으나 사제 특유의 경건한 분위기가 물씬 흘렀다.

고트발은 아껴둔 포도주까지 꺼내며 유릭을 환대했다.

"스승님, 이자가 그 약탈자 유릭입니까?"

"전하의 친우이기도 합니다."

고트발은 루얀 어깨 너머로 유릭을 바라봤다. 두 사람의 눈동자가 오갔다.

'루얀은 유릭이 자신의 친부라는 걸 모르고 있지. 유릭도 굳이 말하진 않았을 거야.'

루얀을 위해서라도 숨겨야 하는 일이다. 유릭이 쌓아온 업적은 후손에게도 크게 영향을 미칠 정도다. 이미 서부에서는 스스로 유릭의 아들이라 주장하는 청년이 많았다.

'유릭의 아들이라고 인정만 받는다면 그 밑에 모일 전사들이 많겠지.'

북부의 왕 빌케르는 용자 미요른의 후손이라는 이유만으로도 막대한 지지를 얻어냈다. 유릭의 아들이란 자리는 단순한 혈통의 증명이 아니라 일종의 지위가 된다.

바르카도 그런 여파를 걱정해 루얀과 유릭을 떨어뜨렸다.

"그동안 어디에 있었습니까? 유릭. 정말로 죽었다곤 생각 안 했지만 이렇게 멀쩡하게 살아서 돌아다닐 줄은 몰랐습니다."

유릭의 실종을 둘러싼 소문은 무성했다. 루의 천벌이 사명을 다해 돌아갔다는 말조차 있었다. 죽음이 아니라 사라졌기에 유릭의 명성은 신화적 영역까지 도달했다.

유릭은 자신의 소문과 이야기를 듣고 그저 웃을 뿐이었다. 검귀 페르젠이 그러했듯, 증명된 죽음보다 실종이 사람들의 상상력을 더 자극했다.

"흄을 데리고 남부에 갔어."

"흄? 아아, 바샤를 죽인 사내 말이로군요. 지금은 뭘 하고 있습니까?"

"남부에서 뱀고기를 먹고 탈이 나서 설사와 구토를 반복하더니 결국 죽었어. 뭐, 살려보려고 애를 써봤는데 안 되더군."

"유감이로군요."

고트발도 흄의 존재를 까맣게 잊고 있었다. 벌써 어린아이가 청년이 될 만큼 시간이 흘렀다.

"나는 남부에서 뱀교의 자취를 쫓았지. 남부인 대다수가 태양교와 비슷한 태양신앙을 믿고 있더군."

"남부의 태양신앙은 태양신 루와 동일신입니다. 단지 숭배하는 방법과 교리가 다를 뿐이죠."

"남부에서 사람을 말려서 미라로 만드는 방법을 배웠어. 생각보다 어렵지 않더군. 고기를 말리듯 내장부터 빼내고……."

유릭은 웃으면서 그간 경험했던 일들을 털어놓았다.

루얀은 옆에서 이야기만 경청했다. 나이를 먹을 만큼 먹은 사내들의 회포를 방해하지 않았다.

"내 부탁들 충실히 들어줘서 고마워. 어떻게 해야 이 은혜를 갚을 수 있을지 모르겠군."

유릭은 루얀의 교육을 고트발에게 맡겼다. 그리고 그 결과를 두 눈으로 확인했다.

"제게도 즐거운 경험이었습니다."

그 이야기를 듣던 루얀이 고개를 갸웃했다.

"무슨 부탁을 말하는 겁니까?"

"넌 알 거 없어."

유릭이 루얀의 어깨를 거칠게 밀치며 웃었다.

루얀은 얼굴을 붉히며 불쾌함을 드러냈다. 평생 문명인과 살아온 루얀은 야만인과 친교를 다진 경험이 없었다. 포를카나에 주둔하는 서부인 군대도 국경선에 위치한지라 루얀과 얼굴을 마주치지 않았다.

"루얀, 전하께서 유릭의 소식을 아시면 기뻐하실 겁니다. 남들에게 말할 수 없으니 루얀이 직접 가주면 좋겠군요."

고트발이 웃으며 말했다. 루얀은 고개를 끄덕이며 문밖으로 나갔다.

루안의 기척이 사라진 걸 확인한 유릭이 더 크게 웃으며 고트발의 어깨를 세게 쳤다.

"엄청 반듯하게 잘 키웠잖아! 조금 사내다움이 없는 게 흠이지만! 문명인, 그것도 사제 밑에서 자랐으니 어쩔 수 없지!"

"저는 별로 한 게 없습니다. 당신을 닮아서 호기심이 많은 아이였죠. 누가 뭐라 하지 않아도 스스로 지식을 찾아다니며 컸습니다. 그나저나 친부인 걸 밝히지 않을 겁니까?"

"내가 그럴 자격이 있을 것 같아? 난 그럴 자격이 없어. 이런 말을 하면 안 되지만, 내 아들은 내게 무거운 짐이었어. 그 당시 난 지쳐 있었지."

"이해합니다."

"넌 이해해도 저 녀석은 날 이해하지 못할 거야, 이해해서도 안 되고."

유릭은 쓰게 웃었다. 뒤늦게 핏줄이 끌렸다. 어쩌면 아들을 만날 거라 기대하고 포를카나에 온 걸지도 모른다.

'나도 나이를 먹은 탓이겠지.'

나이가 먹으면 핏줄에 대한 집착이 강해진다. 사람을 아이를 낳아 자신의 분신을 만들어 존재를 이어간다. 늙은 스벤이 손자에게 그리 집착했던 것도 그 때문일 터.

'스벤에겐 미안한 말이지만, 그건 잘못된 일이야. 추한 행동이지.'

유릭은 아무에게도 알리지 않고 조용히 동대류으로 가는 배를 탈 생각이었다. 괜히 바르카와 고트발을 만나 마음이 약해지기 싫었다.

그리고 자신의 걱정대로 마음이 약해졌다.

'……여기에 남아 정착하는 선택도 있어.'

천천히 루얀과 친해진 다음에 아비라고 밝힐 수도 있다. 바르카와 고트발과 함께라면 말년이 심심하지 않을 터다. 심장의 두근거림조차 젊은 시절 같지 않았다.

"유릭, 이제 어쩔 생각입니까?"

고트발이 물었고, 유릭은 어색하게 웃었다. 어찌해야 할지 본인조차 몰랐다.

유릭은 왕실의 손님으로 머물며 며칠을 지냈다. 유릭은 자신의 정체가 드러나지 않도록 사람들을 많이 만나지 않았다.

유릭도 지루하던 찰나에 고트발은 유릭에게 루얀의 무술지도를 맡겼다. 나름 고트발이 신경 써서 유릭을 배려한 셈이었다.

루얀과 유릭이 연무장에 서 있었다. 하인도 없이 두 사람뿐이었다.

루얀은 무기상자에서 목검 두 자루를 꺼내더니 한 자루를 유릭에게 던졌다.

"유릭, 세상은 공처럼 둥글다고 합니다. 고트발 스승님은 별로 믿고 싶지 않아 하는 것 같지만, 제국 출신의 학자들은 거의 확신하고 있어요. 측량을 해보니 둥글지 않으면 설명이 되지 않는다고 하더군요."

루얀이 목검을 들며 말했다.

포를카나는 몰락한 제국의 유산을 흡수한 왕국이었다. 문화적으로 제국의 계승자나 마찬가지였고, 제국의 학자와 기술자들도 적극적으로 기용했다. 동대륙 탐사를 위해서라도 필요한 일이었다.

"세상이 둥글어? 말도 안 되는 소리 하고 있네. 그러면 우리가 왜 미끄러지지 않고 멀쩡히 서 있을 수 있는 거지?"

유릭이 배를 잡으며 웃었다.

"그건 저도 잘 모르겠습니다만, 언젠가 밝혀지겠지요. 앞으로 세상이 둥글다는 게 정설이 될 겁니다."

루얀이 목검으로 모래바닥에 원을 그렸다.

"하, 나는 그런 책상머리에 앉은 놈들의 말은 믿지 않아. 내 눈으로 직접 봐야 믿지. 그게 내 방식이거든."

"그런 걸 시대에 뒤떨어진 사람이라고 말합니다."

루얀이 피식 웃었다. 유릭도 바닥에 침을 뱉으며 사나운 미소를 지었다.

"원래 사내새끼는 좀 맞고 자라야 하는데 넌 덜 맞고 자란 것 같아. 애비 없이 자라서 그런 모양이야."

루얀이 먼저 공격을 했다. 정석에 가까운 깔끔한 검술이었다. 뛰어난 기사에게서 배운 게 분명했다.

딱!

유릭은 의도적으로 목검을 부딪치며 방어했다. 유릭과 루얀의 목검이 자석처럼 달라붙은 채로 힘싸움을 했다.

탓!

유릭은 발로 연무장 모래를 위로 걷어찼다. 모래가 루얀의 얼굴까지 튀었다. 모래를 뒤집어쓴 루얀이 침을 뱉으며 눈을 감았다.

캉!

유릭은 그 틈을 놓치지 않고 목검을 쳐 내며 앞발로 루얀을 밀었다.

"갑자기 모래를!"

벌러덩 넘어진 루얀이 짜증을 내며 얼굴을 소매로 닦았다.

"널 붙잡고 1년, 2년 가르쳐 줄 수 있는 것도 아니야. 내가 가르쳐 줄 건 검술이 아니라 싸우는 법이다. 실전에서 써먹을 수 있는 꼼수들이지."

유릭이 목검으로 자신의 어깨를 툭툭 두드리며 웃었다.

"이런 더러운 수를……."

"실전에 들어가면 이보다 더한 짓도 많이 해. 더럽다 뭐다 해도 일단 살고 볼 일이지. 넌 싸움의 기초 중의 기초만 배운 거다. 기사들도 알고 있으면서 딱히 너한테 더 가르치지 않았을 거야. 애초에 넌 검술에 관심이 없으니까 말이지."

실전은 멀리서 보면 추악하다. 살기 위해 아등바등하며 땅바닥을 뒹굴며 상대방의 급소를 노려야 한다.

"그걸 알면서 왜 저한테 이걸 가르치는 거죠?"

"싸움은 네가 하고 싶지 않다고 안 하는 게 아니야. 누군가 널 죽이러 온다면 전력을 다해 맞서야 하지. 예를 들어 어느 날 바르카 왕이 급사했다고 쳐. 그 틈을 타서 룽겔 공작이 바르카의 딸을 자신의 아들과 결혼시켜 왕위를 주장한다고 가정해 보자고."

"룽겔 공작은 그러지 않을 겁니다. 왕실에 충실한 사람입니다."

"하? 룽겔 공작은 네가 태어나기도 전에 있었던 포를카나 내전에서 바르카의 편을 들지 않고 기회를 노리던 놈이야. 그 뒤로도 호시탐탐 실권을 노렸지. 지금 그 양반이 왕실에 충실한 건 바르카의 왕권이 대단하기 때문이다. 넌 아직 시야가 좁고 어려. 앞으로 살면서 상상도 못 한 어려움을 여럿 겪을 거다."

"룽겔 공작이 한때 왕실의 정적이었다는 건 알지만……."

루얀이 말을 흐렸다. 그가 철이 들었을 무렵부터 룽겔 공작은 충신이었다. 그런 룽겔 공작이 반란을 일으킨다는 건 상상도 가지 않았다.

"천년제국이 될 것 같던 하멜조차 내 손에 몰락했다. 세상에 절대라는 건 없어. 싸울 일이 없으면 좋겠지만…… 언젠가 네가 목숨을 걸고 싸울 일이 생기면 오늘의 가르침이 도움이 될 거다. 알아먹었으면 일어나!"

유릭이 목검으로 루얀의 다리를 툭툭 쳤다. 루얀도 열이 슬슬 뻗쳐서 거칠게 유릭을 공격했다.

목검이 규칙적으로 부딪힌다. 유릭은 눈동자를 이리저리 굴리며 주변의 지형지물을 이용했다.

땅바닥을 구른 유릭이 돌멩이를 잽싸게 잡아 던졌다. 루얀은 이마에 돌멩이를 맞아서 정신이 없었다.

"제기랄!"

루얀이 피멍이든 이마를 매만졌고, 유릭은 낄낄 웃었다.

"항상 주변을 잘 봐. 싸움을 시작하기 전에 주변을 살피는 건 기본이다. 특히 불리한 상황에서 습격을 받으면 주변 환경을 이용해야 돼."

유릭은 싸움에서 이기는 방법을 가르쳤다. 처음에는 투덜거리던 루얀도 점차 유릭의 방식을 받아들였다. 정오부터 시작해서 저녁 무렵까지 유릭의 무술지도는 매일 반복됐다.

"웃차, 나도 몸이 쑤셔서 더는 안 되겠어. 쉬자고, 루얀."

유릭이 주저앉으며 물을 마셨다. 웃통을 벗은 유릭의 몸뚱이는 살벌하기 그지없었다.

'저런 몸으로 어떻게 아직까지 살아 있는 거지?'

루얀은 유릭의 몸에서 눈을 떼지 못했다. 피부가 멀쩡한 곳이 없이 걸레처럼 너덜너덜했다. 특히나 두드러지는 오른쪽 팔뚝은 번개무늬 화상이 짙게 새겨져 있었고, 배에는 옆으로 길게 찢어진 흉터가 있었다.

전사의 삶에 관심이 없는 루얀조차 존경심이 들었다. 유릭이 얼마나 치열하게 살아왔는지는 그의 몸이 말하고 있었다. 초인적인 삶을 살아왔다는 것만으로도 타인의 존중을 받을 자격이 있었다.

'야만의 군대를 이끌고 문명의 정점에 있던 제국을 몰락시킨 사내.'

하멜이 있던 시절은 거의 기억이 나지 않았다. 어릴 때부터 루얀에게 제국은 그저 몰락의 상징이었다. 당연하다고 생각했던 제국의 몰락, 그러나 정작 제국을 멸망으로 이끈 사내를 보니 그 업적의 크기가 느껴졌다.

"어째서 모든 걸 거머쥐고도 내려놓은 겁니까?"

루얀도 유릭의 앞에 앉아서 물을 마셨다. 시큼한 땀방울이 머리카락을 따라 뚝뚝 떨어졌다.

"그 자리는 내가 원하는 게 아니었으니까."

유릭이 절뚝이며 일어섰다. 간만에 많이 움직여서 다리가 저렸다. 조금만 무리해도 쉽게 망가지는 몸뚱이였다.

"동대륙으로 간다고 들었습니다."

"예전부터 궁금했거든."

준비가 끝나는 대로 탐험선단은 출발할 예정이었다. 모든 왕국이 포를카나의 항해를 주목하고 있었다. 동대륙을 발견한다면 하늘산맥을 넘은 것보다 더 큰 변화가 올 게 분명했다.

"고된 여정을 견딜 만한 몸은 아니지 않습니까?"

"견디지 못하면 거기서 죽는 거지."

유릭이 웃으면서 태연히 대답했다.

"아무리 잘 달리는 준마라도 쉬는 날은 있는 법입니다. 충분히 휴식을 취해야 다음날 더 잘 달릴 수 있죠."

"날 걱정해 주는 건가? 영광이로군!"

"전하와 스승님은 당신이 포를카나에 남길 바라고 있습니다."

"너는? 어떻게 생각하지? 내가 남길 바라나?"

유릭이 눈동자를 힐끗 돌리며 말했다. 그답지 않게 눈치를 보는 행동이었다.

"제가 왜 당신이 남길 바랄 거라 생각하죠?"

"……그냥 물어본 거다. 오늘은 여기까지다. 내일 보자고."

"내일부터 당분간은 나오지 못합니다. 연회가 있어서 귀족들이 많이 올 겁니다. 저도 얼굴을 비쳐야 하고요. 유릭, 당신도 정체를 잘 숨기십쇼."

루얀이 그리 말하곤 유릭을 앞질러 갔다.

"이거야 원."

유릭은 머리를 벅벅 긁으며 루얀의 뒷모습을 바라봤다.

'한심하군, 유릭.'

살면서 온갖 수라장을 헤쳐 나왔다. 영웅적인 업적은 수없이 세운 유릭이지만, 루얀 앞에서는 자신의 본분을 다하지 못한 형편없는 아비에 불과했다.

유릭은 물이 담긴 수반 앞에 앉아서 도끼를 꺼냈다. 그는 손가락으로 도끼날의 상태를 확인했다.

'루얀은 날 닮았어.'

유릭은 수면에 비친 자신의 얼굴을 보며 수염과 머리카락을 듬성듬성 깎았다. 얼굴을 가린다고 기른 수염과 머리카락이었지만, 가끔씩은 잘라줘야 했다.

루얀은 장성할수록 유릭의 얼굴을 따라갔다. 유릭의 측근이라면 루얀의 얼굴을 보고 그의 혈통을 예상할 수 있을 터다.

'알면서도 입을 다물고 있는 거겠지. 특히나 룽겔 공작은 이미 루얀이 내 아들이라는 걸 알 거야.'

룽겔 공작은 유릭과 자주 얼굴을 부딪쳤다. 정황상 룽겔 공작은 루얀의 혈통을 알고 있을 가능성이 높았다.

'파헬은 룽겔 공작이 충성스럽다고 평가했지만 사람은 쉽게 변하지 않아. 왕의 적자가 딸밖에 없는 상황에서 룽겔 공작이 마지막 야심을 불태우기에 충분하지.'

유릭은 한때 권력의 정점에 서본 경험이 있다. 주변 사람들을 항상 의심해야 하고 항상 최악을 가정해야 살아남을 수 있었다.

'동대륙 탐험선단 때문에 포를카나의 분위기가 어수선해.'

별별생각이 들었다. 루얀의 신변이 걱정됐다.

"내가 과민 반응하는 건가?"

유릭이 수면에 비친 자신의 얼굴을 바라봤다. 이제 와서 아비 노릇을 해보려는 자신이 가증스러웠다.

유릭은 수염과 머리카락을 얼굴의 특징을 가릴 만큼만 남겨두고 다듬었다. 채비를 마친 그는 고개를 돌려서 입궁하는 귀족들을 바라봤다.

동대륙 탐사를 기리는 연회인지라 외국에서도 많은 사람이 왔다. 그만큼 경비도 많아서 한산했던 왕궁이 크게 들썩였다.

"저자는 야만인 출신 영주인가? 하기야 포를카나는 야만인과 친교를 맺고 있는 국가이니……."

일부 외국귀족들은 불편한 시선으로 유릭을 보고 지나갔다. 그러나 야만인이 귀족사회에 섞여드는 건 이제 흔한 일이었다.

연맹군 출신의 부족장들은 문명인의 땅에 정착했고, 자신의 군대로 문명인 위에 군림했다. 그 능력을 높게 산 왕국들은 군사적 강화를 목적으로 서부인 부족장에게 선뜻 작위와 영토를 내리곤 했다.

덩치 큰 야만인 유릭이 왕궁에 있는 걸 이상하게 생각하는 사람은 없었다. 심지어 연회장에 들어서는 손님 중에서도 야만인 출신이 있었다.

'시간이 흐르고 시대가 바뀌면 사람들의 인식도 바뀐다.'

유릭은 문명세계의 가치관 변화를 몸소 체험했다. 그는 연회장 주변을 맴돌며 상황을 지켜봤다.

고트발이 유릭을 발견하곤 옆으로 다가왔다.

"유릭, 여기에 있었군요. 연회에 참가하실 생각입니까?"

"그냥 보고 있는 거야. 마음에 걸리는 일이 있어서…… 아무래도 내가 과하게 생각하는 것 같지만."

"루안이 걱정되는 겁니까?"

유릭의 얼굴이 붉었다.

"난 예전에 루안을 너와 파헬에게 맡기고 떠났어. 그때는 사실 루안에게 큰 집착이 없었거든."

"나이가 많을수록 원래 자손에 대한 집착이 커지는 법입니다. 자신의 뒤를 이을 아이를 찾게 되죠."

"아이도 없는 주제에 잘도 아는 척을 하는군."

"제가 아이가 없을 거라 생각하십니까?"

고트발이 웃으며 유릭을 쳐다봤다. 유릭도 깜짝 놀라서 고트발을 보며 말을 더듬었다.

"아, 아이가 있는 거냐?"

"없습니다. 농담이죠. 굳이 있다면 루안이 바로 제 아들입니다."

고트발이 담담히 말했다.

"맞아. 루안은 네 아들이지. 내가 그 자리를 차지할 자격도 이유도 없어."

유릭은 저 멀리서 손님들과 인사하는 루안을 바라봤다. 귀족손님들 사이로 하인들이 음식을 들고 오갔다.

"룽겔 공작도 올 겁니다."

고트발은 유릭의 생각을 읽으며 말했다.

"정말로 그 양반이 충성스러운 신하가 된 거야?"

"사람의 속내야 루만이 알 뿐이죠. 하지만 바르카 왕은 사람을 보는 눈이 탁월합니다."

"그 녀석이?"

"왕좌에 앉아 있으면 바보라도 통찰력을 갖게 됩니다. 통찰력이 없는 왕은 왕좌에 오래 앉아 있지 못하지요."

"룽겔도 만만치 않아."

유릭이 기억하는 룽겔 공작은 뱀과 같이 교활한 야심가였다.

유릭과 고트발은 연회장 구석에서 술잔을 나누며 주변을 살폈다. 그러나 연신 고트발을 찾아오는 귀족들 때문에 조용하게 지내긴 힘들었다.

"사제님, 이번에 아들이 태어났는데 축복을 해주시면 감사하겠습니다. 부디 사례는 충분히 할 테니……."

귀족들은 고트발의 축복을 받으려고 아우성이었다. 고트발은 명망 높은 성직자였고, 교구를 다스리는 주교들조차 함부로 대하지 못했다.

"나는 따로 움직이지."

유릭은 시끌벅적한 고트발 주변에서 벗어났다. 그는 술잔을 들고 연회장을 이리저리 오갔다. 밤이 무르익으면서 악단의 음악 소리는 커져 갔고, 시끌벅적한 웃음 때문에 귀가 먹먹했다.

"오오, 룽겔 공작. 이번에 오지 못할 거라 생각했는데 오셨구려!"

음악이 잠시 멈췄다. 귀족들은 왕국의 권력자인 룽겔 공작의 등장에 모여들었다.

저벅, 저벅.

룽겔 공작이 지팡이를 짚으며 연회장으로 들어왔다.

'저게 룽겔 공작?'

유릭도 룽겔 공작을 빤히 쳐다봤다. 칼날처럼 날카로운 중

년사내는 없었다. 그의 등은 굽었고 흰머리가 새하얗다. 어디서나 볼 법한 노인네가 룽겔 공작이라 불리고 있었다.

'룽겔 공작이 맞긴 맞아.'

자세히 보니 과거의 모습이 남아 있었다.

놀란 유릭의 표정을 발견한 바르카가 싱글벙글 웃으며 유릭에게 속삭였다.

"룽겔 공작을 보고 놀랐지? 병을 앓고 나서 성격이 많이 둥글어졌어."

유릭은 허탈하게 웃었다. 룽겔 공작은 이미 나약해진 사내였다. 생명력을 전부 소진해 죽을 날만 기다리는 노인에 불과했다. 그런 사내를 경계하며 기다린 자신이 우스울 뿐이었다.

"전하를 뵙습니다."

룽겔 공작은 거동이 힘든 몸으로도 바르카에게 예의를 갖췄다. 유릭이 생각했던 상황과 전혀 달랐다.

'많은 시간이 흘렀다. 당연히 내가 아는 것과 다르지.'

유릭도 마음 놓고 술을 마셨다. 가끔 유릭에게 관심을 보이는 자들이 있었으나, 유릭은 별 볼 일 없는 야만인 출신 기사로 신분을 위장했기에 금방 떠나갔다.

그러나 룽겔 공작이 주변을 두리번거리다가 지팡이를 짚고는 유릭을 향해 다가왔다.

"역시 살아 있었군."

룽겔 공작이 흰 눈썹을 치켜세우며 말했다. 팔짱을 끼고 있던 유릭이 웃었다.

"날 알아봤군."

"아까부터 루얀만 계속 보고 있지 않았소. 나이대도 딱 맞고, 그 덩치는 야만인이라 쉽게 볼 수 있는 게 아니지."

룽겔 공작은 쇳소리가 섞인 웃음을 냈다. 유릭은 가득 찬 술잔을 룽겔 공작에게 건넸다.

"의사가 술을 삼가라고 하더군."

룽겔 공작은 정중히 술잔을 거절했다. 그는 숨을 돌리듯 유릭 옆에 앉았다.

"살아 있으면 언젠가 올 거라 생각했소. 누가 봐도 루얀은……."

"이미 알고 있었군."

"아는 사람은 다 아는 사실이오. 다만 또 분란과 전쟁이 일어날까 봐 두려워 말을 하지 않는 거지."

유릭과 룽겔 공작은 이야기보따리를 풀었다. 별로 친하지 않은 사이였는데도 오랜 친구처럼 말이 잘 통했다. 서로가 공유하고 있는 기억이 많았다.

"솔직히 당신이 해낼 거라 생각하지 않았소. 나는 적당히 제국에 타격만 입히고, 전하를 설득해 제국과 조약을 맺은 뒤 빠지려고 했지."

"안 그러길 잘했어. 내 뒤통수를 쳤다면 끝까지 쫓아가서 골통을 뽀개 버렸을 테니까."

"끌끌, 그 성질머리는 여전하오."

"나는 고기를 더 가져와서 먹어야겠어. 댁은?"

유릭이 접시를 들며 일어섰다.

"고기보단 죽을 가까이해야 하는 몸이오."

"늙음이란 슬프군."

"당신도 멀지 않았소."

"그렇게 늙기 전에 뒈져야지."

그 말을 들은 룽겔 공작이 가슴이 터져라 웃었다.

유릭은 접시를 들고 돼지통구이 앞에 갔다. 먼저 줄을 서 있는 청년이 있었다. 청년이 유릭을 힐끗 쳐다봤다.

"먼저 고기를 잘라가시오."

날카로운 인상의 청년이 유릭에게 양보했다. 어쩐지 유릭에게 낯익은 얼굴이었다.

"왜 양보하는 거지?"

유릭이 청년을 보며 물었다.

"당신의 말투가 서부인 억양이잖소. '동포끼리 양보하고 도와야지.' 어머니께서 늘 강조하신 말이오."

청년의 입에서 그리운 언어가 흘러왔다. 유릭이 웃으며 청년의 어깨를 쳤다.

"훌륭한 어머니를 두었군. 거절하는 것도 예의가 아니니, 고맙게 양보를 받도록 하지."

유릭은 먼저 고기를 잘라서 접시에 덜었다.

'낯익었다는 건 어디서 봤다는 이야기인데……'

유릭은 스스로 기억력이 좋은 편이라 생각했다. 그러나 낯익은 청년을 어디서 봤는지 기억나지 않았다.

유릭은 뒤를 돌아봤다. 청년이 고기를 크게 자르곤 그 위에 단도를 꽂았다. 어디론가 음식을 가져가는 듯했다.

'나이가 먹으니 눈도 흐려졌군.'

유릭이 눈을 깜빡였다. 특히나 번개를 맞은 영향 때문에 오른쪽 눈은 시력이 많이 나빠졌다. 자고 일어났더니 실명해 보이지 않는다고 해도 이상하지 않을 정도였다.

"어, 어?"

낯익었다. 청년의 얼굴이 아니라 접시 위 고기에 꽂힌 단도가 낯익었다.

'운철단도.'

특유의 무늬는 운철단도가 분명했다. 벨루아의 손에 있어야 할 물건이었다.

'날 죽일 때, 그걸 들고 찾아오라고 해. 그럼 사미칸의 아들을 쉽게 알아보겠군.'

유릭은 벨루아에게 운철단도를 넘겨주며 그리 말했다.

낯익은 인상의 정체를 알았다.

'사미칸의 아들.'

그 사미칸의 아들은 고기에 꽂힌 단도를 붙잡으며 루얀에게 가까이 다가가고 있었다.

유릭이 사라지면서 사미칸의 아들은 복수할 대상을 잃었다. 어떤 경로였든지 유릭의 핏줄인 게 확실한 아들이 있다는 걸 안다면? 전사의 행동원리는 뻔했다.

"오오오오오! 게 섯거라!"

유릭이 접시를 내던지며 달려 나갔다. 그는 양팔로 앞을 막는 사람들을 내치며, 다리에 걸리는 식탁과 의자들마저 깨부쉈다.

"머, 멈…! 캬!"

당황한 경비들이 유릭의 앞길을 가로막았으나 그의 주먹에 맞아 고꾸라졌다. 그야말로 사람의 꼴을 한 멧돼지였다.

달려드는 유릭을 막을 사람은 없었다. 그는 곧장 운철단도를 든 청년을 덮쳤다.

'왜?'

청년의 눈동자가 떨렸다. 하지만 몸은 생각보다 먼저 움직였다. 잘 훈련받은 청년은 반사적으로 운철단도를 들곤 유릭과 맞닥뜨렸다.

쿠당탕!

유릭과 청년이 뒤엉키면서 음식이 가득 차려진 식탁이 기우

뚱 넘어졌다.

"우오오오!"

유릭은 혼란스러운 와중에서도 팔을 뻗어서 청년의 목을 움켜쥐었다.

뿌득!

유릭은 청년의 목을 부러뜨릴 듯이 힘을 줬다.

청년의 얼굴에 핏줄이 바짝바짝 솟았다. 그는 운철단도를 역수를 잡아서 유릭의 팔뚝을 찍었다.

푹!

팔이 찔린 유릭은 움찔했다. 그 틈을 타서 청년이 발로 유릭의 턱을 후려쳤다.

쿠웅!

청년의 발차기는 유릭의 목이 꺾일 정도로 제대로 들어갔다. 청년은 회심의 미소를 지었다.

'어째서 날 공격하는지는 모르겠지만……'

청년은 유릭이 그대로 넘어질 거라 확신했다. 유릭의 상체는 바닥까지 닿을 정도로 휘청거렸다.

그러나 청년의 미소는 곧 사라졌다. 짐승과 마주한 것처럼 오싹했다.

키이잉.

청년은 밑바닥에서 치솟는 샛노란 안광을 보았다. 쓰러지기 직전이었던 유릭이 상체를 벌떡 세우며 팔을 뻗었다.

"컥!"

상체를 일으킨 반동을 실어서 유릭이 주먹을 휘둘렀다.

유릭의 주먹은 청년의 가슴을 강타했다. 청년은 그 충격으로 심장과 폐가 멎는 듯했다.

'짐승을 상대하는 것 같다.'

넘어진 청년은 다가오는 유릭을 바라봤다. 양팔을 크게 벌리며 성큼성큼 다가오는 유릭이 무시무시했다.

'더 큰 무기가 필요해. 이런 단도로 이길 상대가 아니야.'

그러나 무기를 찾을 시간은 없었다. 거구의 유릭이 쓰러진 청년을 내려다보고 있었다. 유릭은 빛을 등지고 있어서 눈동자만 흉흉하게 빛나고 있었다. 위압감이 온몸이서 뚝뚝 떨어지는 듯했다.

푹!

유릭이 움찔하며 뒤를 돌아봤다. 어느새 들어온 연회장으로 들어온 병사들이 쇠뇌로 유릭을 쐈다. 쇠뇌의 화살이 유릭의 허벅지에 박혔다.

피슛!

병사 세 명이 연거푸 쇠뇌 방아쇠를 당겼다. 화살이 유릭의 옆구리를 깊게 파고들었다.

"그만! 그만!"

고트발이 병사들에게 달려들며 제지했다.

병사들은 그저 자신들의 일을 했을 뿐이었다. 연회장에서 갑자기 난동을 부리는 사람을 막는 게 그들의 임무였다.

"아프잖아……."

유릭은 화살이 박힌 다리를 절뚝이며, 피가 흐르는 옆구리를 부여잡았다. 그는 끝까지 운철단도를 든 청년에게서 눈을 떼지 않았다.

당황한 루얀이 청년과 유릭 사이로 달려왔다.

"이게 무슨 짓입니까……! 일단 치료부터 받으시죠!"

"치료는 무슨! 이 정도는 힘 팍 주고 침 바르면 나아. 저리 비켜. 저놈부터 죽여야 돼."

유릭이 루얀의 어깨 너머를 보며 말했다.

"저자는 연맹에서 보낸 사절입니다!"

"알고 있어. 그리고 저놈이 널 죽이려고 하겠지."

유릭은 쓰러져 있는 청년을 쳐다봤다. 사미칸의 이목구비가 제법 보였다.

"연맹의 사절이 왜 절 죽인단 말입니까?"

유릭은 대답하지 못했다. 사미칸의 아들이 루얀을 노리는 이유를 말하려면 루얀의 혈통부터 밝혀야 한다.

"무슨 오해가 있는 것 같지만, 이젠 상관없어. 끝까지 싸우자면 상대해 주지."

청년도 운철단도를 들며 일어섰다. 그도 유릭을 사납게 노려봤다. 유릭의 패기에도 짓눌리지 않고 투지를 불살랐다. 전사로 훈련받은 게 분명했다.

연회장은 순식간에 엉망이 되었다. 사람들이 웅성거리며 정황을 추측할 뿐이었다. 바르카도 더 상황이 나빠지기 전에 상황을 수습하려 했다.

"그만! 연회장에게 이게 무슨 소란이란 말인가! 시시비비는 내가 가리겠다! 악투르 경! 난동을 피운 자들을 체포하게!"

바르카가 재빨리 병사들을 불러 외쳤다.

'일단 더 이상 난동을 피우지 마, 유릭.'

바르카의 속내를 읽었다는 듯이 유릭은 순순히 체포에 응했다.

"치료부터 해야 합니다. 자칫하면……."

고트발은 유릭의 옆구리에 박힌 화살을 바라봤다. 화살은 상당히 깊게 박혀서 내장까지 닿았을 게 분명했다.

"……고트발, 알고 있는지 모르겠지만 저놈은 내가 죽인 사미칸의 아들이다. 경계해야 돼."

유릭이 중얼거렸다. 그는 어기적어기적 걸어서 연회장을 빠져나가려고 했다.

털썩.

유릭은 연회장을 빠져나가자마자 앞으로 고꾸라졌다.

"유······!"

고트발이 소리를 지르려다가 입을 막았다. 그는 병사들을 불러서 유릭을 치료실로 데려갔다.

물에 잠긴 듯이 의식이 몽롱하다. 유릭은 꿈을 꿨다.

'눈이 덮인 하늘산맥.'

하늘과 가장 가까운 곳에서 유릭은 동쪽과 서쪽을 번갈아 봤다. 서쪽에는 형제가 있었고, 동쪽은 미지의 땅이었다. 유릭은 결단을 내려야 했었다.

유릭은 형제와 부족이 기다리는 안락함보다 미지의 호기심을 우선했었다.

"온몸이 불덩이처럼 뜨겁습니다!"

"반드시 살려야 합니다! 이대로 죽지 마! 이 멍청아!"

귀에 익은 목소리가 들린다. 유릭은 눈을 떴다가 다시 감았다.

'후회 없는 선택이란 게 존재할까?'

유릭은 수많은 선택을 했다. 아직도 무엇이 옳고 그른 선택이었는지 확신할 수 없었다.

'내가 만약 하늘산맥을 넘지 않았다면? 다시 형제들 곁으로

돌아갔으면 어땠을까?'

황제 얀키누스는 야만인 융화정책을 펼치고 있었다. 어쩌면 서부인들은 전쟁을 하지 않고도 문명세계에 자리 잡았을 지도 모른다.

'파헬을 호위하지 않았다면……'

'내가 루얀을 직접 키웠어야 했지 않을까?'

'대족장의 자리에서 연맹을 굳건히 지켰다면 지금과 많이 달랐겠지.'

유릭은 눈을 떴다. 그가 누워 있는 침대는 피와 땀으로 범벅이 되어 천을 몇 번이나 갈았다.

"유릭, 정신이 듭니까?"

고트발이 유릭을 쳐다보며 말했다.

"루얀은?"

유릭이 일어나자마자 루얀의 안전부터 확인했다.

"멀쩡하게 잘 있습니다."

"그놈은?"

"당신이 공격했던 청년 말입니까?"

"위험한 놈이야. 루얀을 노리고 있었어."

"……그 청년은 연맹의 사절입니다. 저도 몇 번인가 본 적이 있습니다. 루얀의 목숨을 노렸다면 진작 일이 났었을 겁니다."

유릭의 눈동자가 커졌다. 아무래도 헛다리를 짚었다는 생각이 들었다. 그는 허탈하게 웃음을 터트렸다. 웃던 유릭은 목구멍으로 역류하는 피를 토해냈다.

"우웩, 피가 시커멓군."

"아직 열이 심합니다. 그냥 무시하고 넘어갈 상처가 아니라는 거죠. 안정을 취하지 않으면……."

고트발이 말꼬리를 흐렸다. 그는 이틀 내내 유릭을 간호했다.

'상처가 곪았어. 좋은 징조는 아니지. 루께서 유릭을 데려갈지도 몰라.'

과거의 유릭은 어떤 부상과 상처를 입더라도 거뜬히 일어났었다. 심각한 상처를 입더라도 금방 죽음의 그림자를 떨쳐 내고 회복했다.

'은총이 다한 걸까? 아니면 유릭이 이 세상에서 할 일을 다 끝냈기에 데려가는 걸까?'

고트발은 유릭의 몸에 맴도는 죽음의 기운을 느꼈다.

쾅!

유릭이 쉬고 있는 방에 누군가 찾아왔다. 거칠게 문을 열고 들어온 사람은 유릭에게 공격받았던 청년이었다.

"정말…… 당신이 그 유릭인가?"

청년이 검지를 들며 물었다.

"어떤 유릭?"

유릭이 옆구리를 잡으며 상체를 일으켜 세웠다. 통증 때문에 절로 미간이 좁아졌다.

"전대 대족장 유릭."

"아무래도 네가 말한 유릭이 내가 맞는 모양이로군."

유릭이 키득키득 웃었지만, 그의 눈동자는 청년을 매섭게 노려봤다.

"나는 사미칸과 벨루아의 아들, 카르차다."

카르차는 한 걸음 내디뎠다. 카르차의 잘 단련된 몸뚱이는 아직 성장하고 있었다. 그는 루얀과 달리 철저하게 훈련받은 전사였다.

"아비의 복수는 전사의 의무이자 권리지. 날을 정해라, 카르차. 오늘 저녁이라도 난 괜찮아."

유릭이 진지하게 중얼거렸다. 그러나 카르차는 배를 잡곤 웃었다.

"무슨 구닥다리 같은 소리를 하는 거요? 얼굴도 보지 못한 아비의 복수를 내가 왜? 애초에 정당한 결투라고 들었소."

카르차가 어깨를 으쓱하며 말했다. 그는 태연하게 유릭의 앞에 앉았다.

"복수를 하지 않으면 다른 사람이 너를 업신여길걸?"

"그거야 당신이 살아 있다는 걸 사람들이 알면 그렇겠지. 은 거한 노친네에게 복수하겠다고 인생을 낭비할 만큼 내가 한가한 사람으로 보이오?"

"노, 노친네?"

"그럼 당연히 노친네지. 내가 젖먹이 시절이었을 때 전성기를 누렸던 사람이 노친네가 아니면 뭐란 말이오?"

카르차가 날카로운 이를 드러내며 웃었다. 그는 능숙하게 단도를 손아귀에서 돌리더니 손잡이 부분을 유릭에게 내밀었다. 운철단도의 날은 여전히 번들거렸다.

"어머니께 이야기는 여러 번 들었소. 내 어머니 벨루아는 당신이 죽지 않았을 거라고 늘 말했소."

서로를 탐색하는 몇 마디가 더 오갔다. 유릭은 카르차가 포를카나에 온 이유를 들었다.

"연맹의 후계자가 외교관 노릇이나 하고 있는 건가?"

"연맹을 이어받을 생각이니 이렇게 왕국들을 돌아다니는 거요. 연맹의 대족장이 되면 쉽게 움직이지 못할 테니, 지금이라도 바깥세계의 왕국들을 직접 경험하고 봐야지. 유릭, 당신처럼 말이오."

유릭은 카르차를 쳐다봤다. 사미칸의 아들답게 총명함이 말투에서부터 넘쳐흘렀고, 사람을 따르고 싶게 만드는 매력도 있었다. 어떤 무리의 수장으로 적합한 청년이었다.

"노파심에 말하는데 이러니저러니 해도 난 네 아비를 죽였다."

"그럼 내가 복수할 테니 죽어달라고 말하면 순순히 죽어줄 거요?"

"흠, 그건 아니지."

유릭이 뺨을 긁적였다.

"의미도 없는 복수 때문에 위험을 무릅쓸 생각은 없소. 난 장차 대족장이 될 거요. 내 아버지와 당신보다 더 명성을 떨치겠지!"

카르차가 호언장담하며 외쳤다.

"큭큭큭, 사미칸의 아들이 맞군! 맞아!"

유릭이 배를 잡으며 웃었다.

"상처가 벌어집니다! 유릭!"

고트발이 말렸지만 유릭은 웃음을 멈추지 못했다. 상처가 터져서 옆구리의 붕대가 붉게 물들었다.

"……그런데 왜 날 공격한 거요?"

"네가 루얀을 공격할 거라 생각했거든."

"포를카나는 연맹의 충실한 동맹이오. 그 후계자를 내가 왜 공격하겠소?"

카르차는 아직도 유릭에게 공격받은 이유를 몰랐다.

"……그냥 감이 그랬어. 내 감은 잘 맞는 편이었거든."

카르차는 어이없는 표정으로 유릭을 쳐다봤다.

"고작 그런 어처구니없는 이유로 날 죽일 듯이 공격했단 말이오?"

"그건 미안하게 됐어. 사과하지."

"됐소. 노망이 들려면 곱게 드시오. 생사람 잡지 말고."

카르차는 야심만만하고 무례했다. 그러나 유릭은 그런 카르차가 싫지 않았다.

유릭은 물을 마시며 메마른 입술을 축였다.

"먼저 대족장을 지낸 사람으로서 조언을 하나 하지. 무리가 커지면 너에게 반대할 수 있는 사람을 측근으로 둬라. 네가 잘못되었다고 말할 수 있는 자를 말이야."

유릭의 말을 들은 카르차가 코웃음을 치며 팔짱을 꼈다.

"그런 고리타분한 조언은 됐소. 내게 필요한 조언은 내가 실패하면서 배우면 그만이니까."

"내가 조언을 잘못했군. 일단 너는 헛바닥부터 뽑히지 않게 간수를 잘해야겠어."

카르차는 그저 이를 드러내며 웃을 뿐이었다.

"내 어머니께 전할 말은 없소? 당신이 살아 있다는 소식을 들으면 기뻐할 거요."

카르차가 복수에 집착하지 않는 까닭도 벨루아 때문이었다. 벨루아는 유릭에게 호의를 갖고 있었고, 그런 벨루아 밑에서 카르차는 자랐다.

'과거에 어떤 명성을 떨쳤든 옛날 사람에 불과하다.'

카르차에게 복수란 마음이 동하지도 않는 의무와 명분이었다. 명예와 위신 때문에 필요하다면 복수를 하겠지만, 유릭은 이미 죽은 거나 마찬가지인 과거의 망령에 불과했다.

"벨루아는 잘 지내고 있나?"

"재작년까진 팔씨름을 하면 내가 졌소."

"그럼 됐어."

"몸조리 잘하시오."

카르차는 미련 없이 바깥으로 나갔다. 동포들 사이에서 전설로 회자되는 유릭조차 그에겐 그저 과거에 불과했다.

'넌 더 위대한 사람이 될 거다. 저 사내를 우러러볼 이유는 없어.'

카르차는 뒤를 돌아보지 않았다.

유릭은 카르차의 등을 바라봤다. 사미칸과 얀키누스의 그림자가 카르차의 어깨에 드리운 듯했다. 야망을 향해 올곧게 달려가는 카르차의 모습은 유릭이 알던 사내들과 닮아 있었다.

'카르차와 내가 같은 시대를 살았다면 분명 반목하고 충돌했겠지.'

그러나 유릭과 카르차는 세대가 달랐다. 같은 땅을 밟고 있는데도 다른 세계를 살고 있는 듯했다.

고트발은 한 손으로 능숙하게 유릭의 붕대를 갈고 있었다.

"고트발."

유릭은 고트발의 얼굴을 바라봤다. 젊은 사제는 어느새 만인에게 추앙받는 성자가 되었다.

"……내가 나이를 먹긴 먹은 모양이야."

"그렇게 늙진 않았지만, 그렇다고 젊은 것도 아니지요. 뭐, 한창 때에 유릭이었다면 카르차가 두 다리 멀쩡하게 이 방을 나가진 못했을 겁니다."

고트발이 붕대를 묶으며 웃었다.

"내 감이 연달아 두 번이나 빗나갔어. 감이 둔해지고 예리함이 사라졌다는 건 전사에게 치명적이거든. 언제나 불확실한 상황에 목숨을 걸어야 하는 게 전사지. 칼날과 화살이 오가는 싸움터에서는 믿을 건 감과 몸뚱이뿐이야."

"덧붙이자면 신도 믿어야겠죠."

"난 심각해."

"저도 심각하게 하는 말입니다."

고트발이 빤히 유릭을 쳐다봤다.

"루를 내가 믿고 싶다고 해서 없는 믿음이 콸콸 샘솟진 않아."

"유릭, 화살에 맞은 상처가 많이 곪았습니다. 고름이 안쪽까지 많이 차올라서 밤이면 또 열병에 시달릴 겁니다. 결론부터 말하자면 죽을 수도 있습니다."

"화살에 맞은 정도로 내가? 걱정 마. 금방 아물 거야."

유릭은 그렇게 말하면서도 식은땀을 흘렸다.

"늦건 빠르건 우리 인간은 죽습니다."

"또 설교가 시작됐군."

유릭이 심드렁하게 대꾸했다.

"유릭, 어째서 루를 믿지 않는 겁니까? 어차피 믿고 있는 신이 있는 것도 아니지 않습니까?"

"루를 믿는다고 손해 볼 건 없지만…… 난 내가 내 두 눈으로 직접 본 것만 믿어. 그게 내 방식이지."

"그럼 죽기 전까진 루를 믿지 못하겠군요."

고트발은 쓰게 웃었다.

유릭은 병상에 드러누워 시간을 보냈다. 연회장의 싸움은 유야무야 지나갔다. 사람을 잘못 봐서 싸운 거라 알려졌고, 바르카의 권위가 워낙 막강한지라 토를 달 귀족도 없었다.

"흐지부지 만드는 게 꽤 힘들었다고."

바르카가 투덜거렸다. 그는 유릭의 병실을 매일 찾아오다시피 했다.

'유릭의 상태가 좋지 않아.'

상처를 입은 지 사흘이 지났는데 유릭의 안색은 더욱 어두웠다.

'치료는 최선을 다했어. 이제 유릭의 생사를 결정하는 건 루의 뜻이지.'

바르카는 우울함을 내색하지 않고 웃었다.

"미안하게 됐어. 내가 없으니 루얀에게 복수하려는 줄 알았어."

"멍청아, 루얀이 네 아들인지 어떻게 알고 왔겠어?"

서부까지 루얀의 출생이 퍼졌다면, 지금쯤 루얀을 찾아오는 전사가 수없이 많았을 터다. 유릭이 조금만 신중하게 깊게 생각했으면 이런 일이 일어나지 않았을 것이다.

'내 감이 떨어졌어.'

유릭은 자신의 손을 바라봤다. 여러모로 자신이 예전 같지 않다는 게 느껴졌다. 하물며 카르차 같은 패기 넘치는 청년을 만나니 더욱 주눅 드는 느낌이었다.

'페르젠과 스벤은 주름이 자글자글할 때까지 현역이었는데……'

유릭의 전성기는 그 누구보다 거세게 타올랐었다. 그만큼 장작이 빨리 불타버린 것일지도 모른다.

'벌써 내가 퇴물이라니……'

실없는 웃음이 나왔다. 옛날 같은 번뜩임과 기지가 없었다.

'우울하군.'

유릭은 상체를 일으키며 옆구리를 붙잡았다.

"상처가 쉽게 낫지 않을 거라 들었어. 무적의 유릭도 결국 사람은 사람이었군."

"그럼 당연히 사람이지. 날 뭐라 생각한 거야?"

"옛날에 너는 사람 같지 않았잖아."

유릭과 바르카는 이런저런 과거 이야기를 꺼내 들었다. 옛이야기를 하는 것만으로도 시간이 가는 줄 몰랐다. 그러나 바르카는 금방 자리에서 일어났다.

"룽겔 공작이 만나자고 해서 가봐야겠어. 보나마나 자신이 죽거든 후계자가 될 아들을 확실히 지지해 달라고 하겠지."

"그 양반도 얼마 남지 않은 것 같더군. 어쨌든 바쁘면 가 봐."

유릭이 바르카의 등을 바라봤다.

바르카는 아직 한창인 왕이었다. 전사인 유릭과 달리 바르카는 지금이 전성기였다. 하고자 하는 정책과 사업을 추진할 수 있는 시기였다.

'부럽군.'

유릭은 바르카가 부러웠다. 바르카의 삶은 이야기로 따지면 중반부였다. 이제야 결실을 맺는 시기다.

'나는 바보 같은 실수 때문에 화살을 맞아 죽는 건가? 스벤과 페르젠이 지금 내 꼴을 보면 얼마나 비웃을까……'

스벤과 페르젠은 어떤 방식으로든 전사다운 최후를 맞이했다. 유릭은 그들처럼 살다가 죽고 싶었다.

죽음에 이를 부상을 수없이 입고도 살아난 유릭이었다. 하지만 지금은 화살 하나 때문에 생사의 기로에 있었다.

'이런 최후를 생각해 본 적은 없지만, 원하는 죽음을 맞이할 수 있는 사람이 몇이나 될까?'

유릭은 눈을 게슴츠레 뜨며 고요히 창밖을 바라봤다. 저 멀리 수평선이 보였다.

'내 인생이 얼마 남지 않았다면 차라리 여기에 머무는 게 낫겠지.'

포를카나는 유릭의 여생을 보내기에 충분했다.

삐걱.

바르카가 나가고 얼마 되지 않아 문이 다시 열렸다. 유릭은 살짝 경계하며 머리맡에 놓인 도끼자루를 붙잡았다. 기척이 나면 경계하는 것, 오랜 습관이었다.

"그 도끼로 제 머리를 쪼갤 생각입니까?"

루얀이 걸어 들어왔다.

"오, 왔군."

유릭이 머쓱하게 웃었다.

"댁이 난동을 피워서 수습하느라 저도 식겁했습니다."

"몇 번이나 이 말을 하는지 모르겠는데, 어쨌든 미안하게 됐어."

루얀이 물끄러미 유릭의 옆구리를 바라봤다. 그도 유릭의 상태에 대해서는 들었다.

"배를 타는 건 관두십쇼."

탐험선단의 출항은 보름도 남지 않았다.

"내 몸 상태가 안 좋은 건 사실이지만, 너한테 그런 말을 들을 정도는 아니야."

"저는 당신에게 그런 말을 할 자격이 있다고 봅니다."

루얀이 눈동자를 들어 유릭을 응시했다.

"그게 무슨 뜻이지?"

"말 그대로입니다. 당신은 사미칸의 아들 카르차가 저를 공격하는 줄 알고 달려들었죠. 어렴풋이 예상은 했습니다만, 그걸로 확신했습니다."

루얀은 그 이상 말하지 않았다. 유릭도 입을 다물고 있었다.

적막은 먼저 깨뜨린 건 유릭의 어색한 웃음이었다.

"하하, 감동적인 재회는 아니지?"

"얼굴 한 번 안 비치다가 멋대로 돌아와 이렇게 죽어가는 걸 보니 한심하군요. 전 아이를 낳더라도 당신 같은 아버지는 되지 않을 겁니다. 유릭은 위대한 영웅일지는 모르나, 형편없는 아비요."

루얀은 환자에게 독설을 퍼부었다. 하지만 유릭은 할 말이 없었다.

뿌득.

유릭은 이를 악물었다.

"미안하다, 루얀. 난 네 존재가 부담스러웠어. 거추장스럽다고 생각했지. 네 아버지는 고트발과 바르카다. 아비 대접을 받을 생각은 추호도 없어."

"제게 있어 당신은 그저 낯선 이방인 유릭입니다. 하지만 제 스승님과 전하께는 소중한 지인이지요. 제게 미안한 마음이 있다면 또다시 훌쩍 떠나지 말고 지금의 자리를 지키면 됩니다."

루얀은 고개를 꾸벅 숙이며 일어섰다. 그는 할 말만 하고 떠났다.

유릭은 루얀이 떠나고 난 뒤에도 멍하니 침상에 앉아 있었다.

루얀의 말은 구구절절 옳았다. 아들을 버리고 멋대로 떠난 유릭이었다. 정말로 책임질 생각이 있었으면 어떻게든 루얀을 데리고 갔을 것이다.

'내 속죄는 루얀이 사랑하는 고트발과 파헬 옆에서 좋은 친구 역할을 하는 건가?'

유릭은 웃었다. 그도 고트발과 바르카를 사랑했다. 필요하다면 목숨을 잃는 한이 있어도 그들을 지킬 터다.

유릭이 침상에 누워 있는 동안 시간은 빠르게 지나갔다. 그는 아무것도 하지 않은 채로 시간을 보냈다. 실컷 자고 일어나도 하루하루가 무기력했다.

"아직 루얀은 당신이 아버지인지 모르는 듯합니다."

병문안을 온 고트발이 그리 속삭였다. 유릭은 그 말에 웃었다. 굳이 루얀이 모든 걸 안다고 말하지 않았다.

'영악한 놈.'

루얀은 유릭에게만 경고를 한 셈이었다. 아들의 지위와 유릭의 죄책감을 이용해 고트발과 바르카의 곁을 떠나지 말라고 했다.

"꽤 많이 좋아졌습니다. 무리만 하지 않으면 목숨은 건질 겁니다."

고트발이 유릭의 붕대를 갈며 말했다. 진득하게 묻어나오던 고름이 많이 없어졌다.

"말했잖아. 화살을 맞은 정도로 죽지 않을 거라고."

"아직 그렇게 확신할 때가 아닙니다. 절대로 무리하지 마십쇼."

고트발이 단단히 경고했다. 말 그대로 간신히 목숨을 건진 정도였다.

'유릭의 성격상 몸이 쑤신다고 움직이면 상처가 도질 거야.'

고트발은 유릭이 걱정돼서 몇 번이나 안정을 취하라고 반복해 말했다. 유릭은 건성으로 들으며 귀를 후볐다.

"고트발, 너는 내가 포를카나에 계속 머물렀으면 좋겠어?"

"머문다면 좋겠지요. 전하에게도 큰 힘이 될 겁니다."

"역시 그렇겠지."

모두가 유릭의 정착을 원하고 있었다. 가족과 형제나 다름 없는 이들이었다.

'유릭은 포를카나에 정착할 거다.'

고트발도 거의 확신했다. 탐험선단 출발은 내일인데 유릭은 아직 중상이었다. 더군다나 피붙이인 루얀마저 포를카나에 있었다.

'앞으로 유릭을 설득할 시간은 충분해.'

고트발은 유릭을 몇 번이고 설득해 루의 품으로 돌려보낼 생각이었다. 나이가 먹으면 마음이 약해지게 마련이다. 유릭도 언젠가 신을 찾을 터다.

"푹 쉬십쇼."

고트발이 치료를 마치고 자리를 떴다.

밤이 깊어갔다. 침상에 누워 있던 유릭은 눈을 떴다. 그는 천천히 옷을 입었다.

"아직도 쑤시는군."

유릭이 옆구리를 붙잡으며 어기적어기적 일어섰다. 그는 방을 돌아다니며 자신의 물건을 주섬주섬 챙겼다.

유릭의 짐이라고 해봐야 허리가방과 무기 몇 자루가 전부였다. 유릭이 움직일 때마다 무기가 철컹철컹 흔들렸다.

'무엇이 옳은 선택인지 나는 모른다.'

유릭은 매번 선택을 했다. 이번에도 마찬가지였다.

'모두의 기대를 배반하며 갈 정도로 이 여정에 가치가 있을까?'

유릭의 마음 한구석에는 안락한 삶을 원하고 있었다. 그러나 그건 유릭의 방식이 아니었다.

유릭은 삐걱거리는 무릎을 붙잡았다. 그는 천으로 무릎을 묶어서 고정하듯 조였다.

"후욱."

몸은 망가지고 있었다. 칼날처럼 번뜩이던 젊은 시절의 유릭은 없었다.

'이제 와서 좋은 아버지 흉내를 내봐야 웃길 뿐이지.'

유릭은 창문을 통해서 밑으로 내려갔다. 망가진 몸이라지만 어디까지나 젊은 시절의 유릭과 비교해서 그렇다는 것이었다. 여전히 유릭은 근육질의 전사였다.

'내가 루얀에게 보여줄 수 있는 건, 조언이나 가르침이 아니라 내가 살아가는 방식이다.'

유릭은 눈을 깜빡였다. 그는 성벽 틈에 손가락을 넣어서 거미처럼 성벽을 올라갔다.

주륵.

옆구리의 핏물은 붕대를 흠뻑 적시고도 부족해 밑으로 흘러 떨어졌다.

"하아, 죽겠군."

성벽 위로 올라간 유릭이 밑을 보며 혀를 내둘렀다. 발을 삐

끗하면 굴러 떨어져 죽을지도 모른다.

사람은 살면서 많은 걸 두려워한다. 용맹한 전사 유릭도 마찬가지였다. 미지의 사후세계가 두려웠고, 형제를 잃는 게 두려웠고, 패배하는 것도 두려웠다. 인생은 즐거운 나날이 아니라 어둠 속에서 길을 헤매는 듯한 두려움의 연속이었다.

'지금도 두려워.'

바르카와 고트발이 실망할까 봐 두려웠다.

'내가 이대로 떠나면 루얀은 날 미워하겠지.'

유릭의 눈동자가 떨렸다. 루얀의 책망이 아직도 눈에 선했다.

'나는 정말로 동대륙을 보고 싶은 걸까? 그저 스벤처럼 고집스럽게 삶의 방식을 바꾸지 못하는 게 아닐까?'

유릭은 어른이었다. 그는 책임과 의무를 아는 사내였다. 그러나 여전히 사춘기 소년처럼 방황하고 고민했다. 인생은 한 번밖에 없다. 아이든 노인이든 살아가면서 겪는 문제는 자기 인생에 있어서 처음 경험하는 일이다. 올바른 정답을 먼저 알고 살아가는 건 인간에게 불가능한 일이었다.

유릭은 왕궁을 벗어나 밤거리를 걷는다. 무기를 치렁치렁 등에 매달고 걸어가는 야만인이었다.

종종 안개가 낀 듯 눈앞이 흐렸고, 다리는 가끔 저려서 절뚝였다. 비가 오면 온몸이 쑤셔서 좀처럼 일어나기 힘들었다.

고트발 같은 이들은 유릭에게 충분하다고 말한다. 열심히 살아왔으니 여생을 휴식으로 보답 받으라고 권했다.

'그건 살아가는 게 아니야, 죽어가는 거지.'

언젠가 찾아올 죽음을 기다리며 지난 삶만 되돌아보는 것.

"하."

코웃음이 나온다. 누군가에게는 그런 휴식이 가치 있는 삶일지도 모른다. 가족에게 둘러싸여 침대에서 죽는 게 행복한 결말이라고 생각하는 자도 있다.

"……하지만 난 아니지."

유릭이 옆구리를 매만졌다. 피가 흠뻑 새어 나왔다.

'그만 좀 징징거려라. 빌어먹을 몸뚱이야!'

유릭이 옆구리를 붙잡아 고름을 힘껏 짜냈다. 새카만 핏물이 고름과 함께 왕창 새어 나왔다. 과다출혈로 죽는 게 아닐까 싶을 정도로 피가 쏟아졌다.

벽에 기댄 유릭은 어금니가 부서져라 깨물며 신음을 참았다. 손가락과 입술이 부들부들 떨렸다.

"하아, 하아."

아직 그리 춥지 않은데도 단내 섞인 입김이 풀풀 흘러나왔다.

유릭은 눈을 들어 항구에 정박한 배를 바라봤다. 네 척의 대형범선이 있었다. 내일이면 출항이다.

'이건 내 인생이다. 내가 선택해야 할 삶이야. 루안이든 고트발이든 상관없어. 남을 핑계로 삼지 마라, 유릭.'

유릭이 몸을 일으켜 세웠다.

'나는 파헬과 고트발의 좋은 친구로 살지 않아. 루안의 아버지로도 살지 않을 거다. 누가 욕하든 칭찬하든 상관없어.'

중요한 건 언제나 하나였다. 삶의 중심은 자기 자신이다.

유릭으로 태어났으면 유릭으로 살아가야 한다.

똑, 똑.

"접니다, 유릭."

고트발은 붕대를 갈기 위해 유릭을 찾아갔다. 방문을 두드려도 대답은 없고 조용했다.

오늘은 포를카나 탐험선단이 출항하는 역사적인 날이었지만, 고트발에게는 유릭의 회복이 더 중요했다.

"해가 중천인데 아직 자는 겁니까?"

고트발이 문고리를 잡아 밀며 안으로 들어갔다.

"유릭?"

침대가 허전했다. 고트발이 들고 온 가방을 내던지며 방 안을 이리저리 살폈다.

"빌어……!"

고트발조차 욕이 목구멍까지 치솟았다.

'이 미친 양반이 도대체 그 몸으로 어딜 간 거야!'

유릭이 어딜 가도 문제였다. 거동은 고사하고 절대안정을 취해도 부족할 터다.

'유릭의 짐도 없어.'

고트발의 눈동자가 창문까지 닿았다. 창문은 삐걱거리며 열려 있었다. 창틀에 묻어 있어야 할 먼지는 사람이 지나간 듯이 깨끗하게 쓸려 있었다.

"유릭……."

창밖을 보던 고트발의 시선은 항구까지 닿았다. 저 멀리서 탐험선단이 역사적인 출항하고 있었다.

"말! 말을 준비해 주십쇼!"

고트발이 창문 너머로 마구간지기에게 소리를 내질렀다. 마구간지기는 영문을 몰랐지만 고트발의 외침에 허겁지겁 말 한 마리를 데려왔다.

고트발은 마구간 앞까지 뛰어갔다. 예의 바르기로 소문난 그가 마구간지기에게 감사의 인사도 하지 못하고 서둘러 말을 탔다.

'당신을 안 지 오래되었지만…… 여전히 이해하기 힘든 행동만 골라서 하는군요, 유릭.'

고트발이 항구에 가기도 전에 배가 멀어지고 있었다. 벌써 배들이 수평선에 걸쳐 있었다.

"전하!"

고트발이 말에서 넘어지다시피 내렸다. 무릎을 땅에 찍었는데도 아랑곳하지 않고 바르카를 향해 뛰어갔다.

"무슨 일입니까? 설마……."

바르카가 불안한 표정으로 고트발을 바라봤다.

'유릭이 죽은 건가?'

부상이 갑자기 악화되어 하루아침에 사람이 죽기도 한다. 고트발의 사색이 된 표정을 보니 유릭에게 무슨 일이 생긴 게 틀림없었다.

"배에 탔습니다. 지금 저 배에 타고 있단 말입니다!"

고트발이 숨을 헐떡이며 손가락을 들었다. 이미 바람을 탄 배들은 점으로 보였다.

"죽은 게 아니니 다행이로군요."

바르카가 고트발을 진정시켰다.

"그 몸으로 배에 탔단 말입니다! 전하!"

"아쉽게 됐지만 자기가 원하는 일이었을 겁니다. 미리 말이라도 해줬으면 좋았을 텐데, 우리가 말릴 거라 생각했나 보죠."

바르카는 망토를 여미며 수평선을 쳐다봤다.

'결국 떠났군, 유릭.'

바르카가 옅게 웃었다. 이렇게 될 거라는 걸 알았다는 듯이 속이 시원했다.

'그 유릭이 얌전히 지내는 것도 이상하지.'

고트발은 별다른 반응이 없는 바르카가 야속했다.

"지금이라도 쾌속선을 보내서 유릭을 데려와야 합니다. 그 몸으로 항해를 버티지 못할 겁니다."

"사제님, 저는 유릭의 선택을 존중할 생각입니다. 설사 유릭이 죽더라도 말이죠."

바르카는 단호했다. 처음에는 인상을 찌푸리던 고트발도 천천히 무언가 생각하더니 고개를 끄덕였다.

"전하의 말이 맞습니다……"

고트발은 쓸쓸하게 수평선을 응시했다.

루얀은 항구의 사람들을 해산시킨 뒤에 고트발을 발견하고는 다가왔다. 고트발은 울적하게 루얀을 올려다봤다.

"루얀, 당신에게 말해야 할 게 있습니다."

"유릭이 제 아버지라는 거 말입니까? 아니면 유릭이 배에 타고 있다는 겁니까?"

루얀은 태연하게 말했다. 고트발의 눈동자가 터질 듯이 커졌다.

"유릭이 친부라는 걸 알고 있었습니까?"

"그렇게 저와 유릭을 붙여두려고 애쓰는 스승님의 모습을 보고도 모르는 게 이상할 겁니다."

"배에 타고 있다는 건?"

루얀이 이를 드러내며 웃었다. 그는 선원명단을 들고 있었다.

"오늘 아침에 선원을 확인했습니다. 킬리오스라는 이름으로 선원 한 명이 필리온호에 타고 있더군요."

"왜 말리지 않았습니까? 유릭은 당신의 친부입니다. 영영 다시 보지 못할 수도 있단 말입니다."

루얀이 뺨을 긁적였다.

"제 아버지는 유릭이 아니라 고트발이라는 이름을 가진 사제입니다."

유릭이 떠나면 고트발과 바르카가 슬퍼한다. 그걸 알면서도 루얀은 킬리오스라는 이름을 보고 무시했다. 어떤 논리적 이유가 있는 것이 아니라 그저 그래야 한다는 생각이 들었을 뿐이었다.

루얀은 고트발의 어깨를 두드리며 위로했다. 그는 잠시 뒤돌아 수평선을 응시했다.

사람에게는 각자의 삶이 있다. 누구나 자신의 인생에서는 주인공인 법이다. 설령 가족이나 친구라는 이유만으로 타인의 삶을 속박할 순 없다. 모든 인연은 스쳐 가며, 마지막에는 홀로 죽음과 맞닥뜨린다. 그 누구도 죽음까지 따라 가주지 않는다. 자신의 인생을 책임지는 건 자신뿐이다.

필리온호를 필두로 탐험선단은 기약 없는 항해를 시작했다. 그들이 선상에서 덧없이 굶주려 죽을지 혹은 위대한 기록으로 남을 무언가를 발견할지는 아무도 모른다.

인생은 불공평하고 세상은 잔혹하다. 인간의 노력은 한 줌의 물방울이며 물결을 거스르지 못한다. 인간은 불완전하게 태어나 여전히 불완전한 채로 죽는다. 삶의 정답은 그 누구도 찾지 못하며, 그저 흔들리는 직관과 사상누각에 불과한 가치관에 의지한 채로 살아간다.

"이봐, 킬리오스. 언제까지 누워 있을 거야?"

"배가 좀 아파서."

"나 원, 선장님이 아시면 혼쭐이 날걸."

유릭은 갑판 위에 엉거주춤하게 서서 멀어지는 땅을 바라봤다.

'땅이 보이지 않아.'

이렇게 배를 타고 멀리 나오는 건 처음이었다. 망망대해에는 아무것도 없었다. 의지할 것 하나 없이 불완전한 지식과 정보만으로 동대륙을 찾아 떠나고 있었다.

쿵, 쿵.

심장이 요동친다. 난생 처음 보는 광경이었다. 낚싯배를 타고 어중간하게 멀리 나오는 것과는 비교도 되지 않았다.

'바다가 이럴 거라 상상도 못 했어.'

내심 세상에 통달한 척했다. 세상만사를 다 아는 현자처럼 굴었다. 하지만 그건 오만한 착각이었다.

고개를 빙글 돌려봐도 수평선뿐이었다. 두렵다는 생각이 들었다. 평생 땅에 발을 붙이며 살아온 유릭이었다. 낯선 공포가 피부를 훑고 지나갔다.

"어이, 어디 다친 거 아니야? 피가 뚝뚝 떨어지는데?"

유릭을 보던 선원이 말했다. 출항한 지 하루 만에 시체가 나오면 선원 입장에서도 곤란했다. 미신이 중요한 뱃사람에게 불길한 징조는 곧 불행한 결과가 된다.

"댁은 무섭지 않아? 땅이 하나도 보이지 않잖아. 배가 뒤집히기라도 하면 우린 다 죽을 텐데?"

유릭이 중얼거렸다.

"그딴 불길한 소리는 집어치워. 뱃일은 혹시 처음인 거냐? 불안해도 금방 익숙해질 거다. 그나저나 피가 계속 흐르는데 괜찮은 거냐?"

단지 배를 타고 반나절 왔을 뿐인데도 모든 게 낯설었다. 육지와는 다른 세상이 여기에 있었다. 다시 태어난 것처럼 모든 감각이 곤두섰다. 유릭은 낯익은 세계를 벗어나 새로운 세계로 왔다.

유릭의 입술이 씰룩씰룩 움직인다. 한 발자국만 나아가면 이토록 모르는 것투성이였다.

"하하."

야만인 유릭이 웃었다.

-The end

흙수저 판타지 장편소설

회귀자 사용설명서

어느 날, 이세계로 소환되었다.

짐승들이 쏟아지고, 믿을 수 없는 위기가 닥쳐오나.
가지고있는 재능은 밑바닥.

[플레이어의 재능수치는 최하입니다.]
[거의 모든 수치가 절망적입니다.]

선택받은 용사든, 재능 있는 마법사든,
시간을 역행한 회귀자든.
모든 것을 이용해야 한다.

살아남기 위해.

"쓰레기면 뭐 어떻습니까. 살아남기 위해서
뭔 짓인들 못 하겠어요?"

Wish
Books

마왕성
플레이어

트레샤 퓨전 판타지 장편소설
WISHBOOKS FUSION FANTASY STORY

신들의 전장, 하멜.

집으로 돌아가기 위한 마지막 싸움.
믿었던 동료가 배신했다!

[영혼 이식의 대상을 선택해 주십시오.]

뒤바뀐 운명. 최약의 마왕. 그리고…….

"이번에는 좀 다를 거다!"

어둠 속에 날카로운 칼날을 감춘,
마왕성 플레이어의 차가운 복수가 시작된다.